Benoît Duteurtre

Chemins de fer

ÉDITION REVUE PAR L'AUTEUR

Gallimard

Benoît Duteurtre est né à Sainte-Adresse, près du Havre. Il publie en 1982 son premier texte dans la revue *Minuit*, puis gagne sa vie comme musicien et journaliste. Il est l'auteur de romans (*Tout doit disparaître, Gaieté parisienne, Les malentendus, Service clientèle, La rebelle, La cité heureuse, Les pieds dans l'eau...*), d'un recueil de nouvelles (*Drôle de temps*), d'un livre sur les vaches et d'essais sur la musique. Son écriture claire, sans préciosité, son regard sarcastique sur le monde contemporain ont suscité parfois la polémique et le distinguent dans la jeune littérature française. En 2001, son roman *Le voyage en France* a reçu le prix Médicis, et *La petite fille et la cigarette*, paru en 2005, a été traduit dans plus de quinze langues.

Une femme est assise dans le train, presque seule. La cinquantaine grisonnante, elle porte un pantalon de velours beige, un pull-over et des chaussures de marche — vête- ments neufs et de bonne marque ; genre tenue de campagne pour Parisienne. Lunettes sur le nez, elle semble absorbée par la lecture d'un roman, quand approche le contrôleur. Son pas, sur le sol, produit un bruit mouillé ; on dirait qu'il marche dans une flaque d'eau. La femme prend la parole en souriant :

— Excusez-moi, monsieur... Pourrais-je vous poser une question ?

Le contrôleur se fige, regard sévère. Sa réponse sèche sonne comme un reproche :

— Bonjour !

La passagère reste muette, un peu gênée. Aurait-elle manqué de respect ? Après une hésitation, elle répète en écho, de la même voix désagréable :

— Bonjour !

À son tour le contrôleur paraît gêné, tandis que la femme retrouve le sourire et reprend sa phrase aimablement :

— Excusez-moi, monsieur le contrôleur… Pourrais-je vous poser une question ?

Le préposé de la Société nationale des chemins de fer porte un anneau à l'oreille, sous sa casquette administrative ; un tatouage dépasse de sa manche à l'avant-bras gauche ; ce qui n'empêche pas ce fonctionnaire de rester très strict dans son uniforme, ni d'acquiescer avec un parfait sérieux professionnel :

— Pourquoi pas, si je peux répondre.

— En fait, n'y voyez aucune agressivité, mais… Je n'arrive pas à comprendre pourquoi le sol est encore trempé.

Le contrôleur, perplexe, réfléchit un instant avant d'expliquer :

— C'est un train déclassé, madame !

— Oui, on me l'a déjà expliqué, mais enfin, quand même… La semaine dernière déjà, les toilettes étaient bouchées. Depuis, rien n'a été fait.

Le contrôleur, compréhensif mais dépassé :

— C'est une ligne secondaire, madame. Je ne peux pas vous dire précisément ; ça dépend des roulements.

— Et ces emballages vides sur les banquettes ? Autrefois, la voiture était nettoyée avant chaque départ, il me semble.

Le contrôleur soupire ; il se retient de dire quelque chose. La femme poursuit ses commentaires comme des évidences choquantes ; elle a manifestement réfléchi :

— Autrefois, la SNCF avait du personnel pour assurer l'entretien…

Le préposé lève les yeux au ciel. Est-ce le devoir de réserve qui le retient ? Son interlocutrice croit bon de préciser :

— Ce n'est pas à vous que je m'en prends, monsieur !

— De toute façon, madame, je suis d'accord. Mais, ce n'est pas pareil sur toutes les lignes ; je vous rappelle qu'il s'agit d'un train déclassé !

— Ce qui justifie cette eau par terre ? ces emballages sur les fauteuils ? Est-ce que nous sommes des passagers déclassés ?

Le contrôleur lève les bras, impuissant :

— Vous avez raison, madame, il faut écrire.

— Écrire ?

— Signalez vos observations à la direction. Ils font attention en ce moment.

— Attention à quoi ?

— À la communication !

— La communication ?

— Je vous assure, madame, il faut écrire. Il faut écrire !

Le contrôleur répète cette phrase et s'éloigne en piétinant dans le clapotis.

NOVEMBRE

Mercredi 9

Ce matin, un voile de grisaille enveloppait la vallée. Des nuages bas s'accrochaient aux arbres ; une
vapeur froide montant du sol brouillait le contour
des chemins et des champs ; et tandis que cette
humidité s'élevait lentement, le ciel épais tombait,
de plus en plus lourd, jusqu'au fond des ravins. La
terre mouillée et l'air trempé se rejoignaient dans
une composition imprécise où tout était à la fois
solide, liquide et gazeux.

L'œil collé au carreau, je m'abandonnais à ce
paysage flou ; j'imaginais un monde sans lumière
et sans perspectives ; une terre incertaine où,
depuis le fond des temps, on marcherait à tâtons
sous la bruine, où des plantes fabuleuses, des
animaux inconnus surgiraient dans la boue des
marécages… Par instants, le rideau se déchirait
pour laisser apparaître la façade fantomatique
du presbytère, à l'entrée du village. Puis le

15

brouillard se resserrait et tout disparaissait à nouveau dans mon songe plein de légendes. Même le
grand mélèze planté devant ma fenêtre finissait par
s'estomper ; je ne distinguais plus que la base du
tronc et quelques branchages confus. Au sommet,
une lumière plus chaude essayait de transpercer
le nuage ; si bien que cet arbre ressemblait au pied
d'un géant dont le corps se perdait là-haut, près du
soleil. J'étais attirée par cette clarté mais le voile
s'épaississait davantage. J'appartenais à la terre
d'en dessous, au monde gris où les questions
demeurent sans réponse.

Après avoir jeté une bûchette dans la cuisinière à bois, je retourne m'appuyer à la fenêtre et
regarde le paysage englouti, cette campagne
automnale favorable aux enchantements. Il suffit
de suivre les variations du ciel, de sentir la force
du vent et de la pluie, capables d'abolir instantanément l'organisation qui a tout recouvert, tout
borné, tout délimité. L'imagination des paysans
était riche d'ignorance. La terre est désormais qua-
drillée, cartographiée, répertoriée ; rien ou presque n'échappe à cette connaissance, mais j'aime
encore me laisser porter par le rêve d'un matin
de brouillard, les suggestions de la forêt humide,
les craquements d'un sous-bois où des farfadets
jouent dans les fougères. J'ai fini par préférer les
jours de mauvais temps ; ces jours de grisaille où
le paysage dégradé de la campagne redevient im-
précis et mystérieux.

En dessous de la maison, sur la route déserte, la circulation s'est interrompue. Les « rurbains » partis au travail reviendront vers six heures du soir, maris, femmes, enfants, dans les énormes 4×4 qui les conduisent chaque jour de la ville banlieuisée où ils gagnent leur vie au pavillon de campagne où ils demeurent… Si le brouillard persiste, les phares de leurs voitures transperceront difficilement le voile et ils passeront comme des fantômes. J'aime ces jours sombres où les mouvements paraissent emprisonnés, les sons étouffés. J'aime ces jours bénis où une « erreur système » met en péril toute la gestion du monde ; ces jours d'inondation où la rivière envahit la route avec sa coulée de boue ; ces jours où la neige commence à tomber, rendant la départementale impraticable avant le passage des engins de déblaiement, débordés par les intempéries. J'aime voir l'automobiliste protester et déplorer une maîtrise de cette imparfaite nature encore un peu plus forte que lui.

Pour l'heure, il n'y a personne. Quand le brouillard s'estompe un instant, l'allée bitumée qui va du presbytère au cimetière retrouve sa ligne imparfaite et bombée de chemin rural. Quelques vieilles croix se dressent là-bas, irrégulièrement jetées de travers : on dirait les silhouettes des pochtrons à la dérive qui, autrefois, après la fermeture du dernier bistrot, traversaient le hameau à la nuit tombante. Ils reposent aujourd'hui sous ces tombes couvertes de mousse, parmi les cadavres d'un monde englouti : « Augustine », « Albert », « Honorine », « Fernand », prénoms de morts pour la France, de vieilles filles et d'angelots partis en bas âge. Aujourd'hui, c'est jour de brouillard ; et les histoires du brouillard me font oublier, pour un instant, l'organisation nouvelle de l'humanité… Je suis pourtant moi-même une femelle bien organisée : j'ai fait mes cinq cageots de bois que j'ai rapportés dans la maison. À l'aide d'une pique, je soulève la plaque de fonte pour jeter une autre bûchette dans le feu de la cuisinière ; puis je retourne vers la fenêtre en écoutant le métal siffler.

Jeudi 10

L'un de mes principaux plaisirs, ici, consiste à me rendre dehors, sous la remise où je stocke les bûches et une collection d'outils appropriés : scies, tronçonneuse électrique, haches de différentes tailles, coins et merlins pour fendre les quartiers de hêtre. Je suis équipée des meilleurs accessoires – comme ces Parisiennes qui vont au ski dans d'élégantes combinaisons ou partent en bottes et ciré jaune pour le week-end à Deauville. Moi, je travaille seule face à la montagne, abritée sous l'auvent. Tout en coupant mon bois, je contemple le grand

18

arrondi de la vallée et ses versants boisés qui grimpent vers les prairies d'altitude. Telle une paysanne contemplative, je transforme les demi-bûches en quartiers, puis je m'interromps pour écouter le ruissellement du torrent. Ce jeu de cloches liquides me ravit. Il varie en intensité au fil des saisons. Je pose une nouvelle bûche sur la bille, je dresse le merlin au-dessus de ma tête, puis j'abats le fer d'un coup sec. Mon geste peu féminin fait éclater le bois en moitiés que je repose pour les fendre en morceaux plus petits. Je range ensuite les bûchettes dans des cageots, en quantité suffisante pour me tenir au chaud ce soir et demain. Chargée de combustible, je regagne la maison à travers le pré, en jetant un regard heureux vers le ciel et les forêts.

Cette vie d'ermite, cette ferveur de travailleuse du bois fait beaucoup rire à Paris où je passe pour la plus urbaine des professionnelles en relations publiques. Autour de moi, on regarde ces séjours à la campagne comme une sophistication bizarre, une lubie de mondaine. Comment ne pas le reconnaître, en partie au moins ? Ce fourneau à bois autour duquel ma vie s'organise ici n'est qu'un appoint au chauffage électrique qui assure le confort de la maison ! Mes amis peuvent donc rire, mais je suis plus sincère qu'ils ne le croient : rien ne me plaît autant que de m'asseoir près de cette antique machine à chaleur, puis d'ouvrir un livre comme une campagnarde attendant la fin de l'hiver (en

19

fait, les campagnardes ne lisaient guère, mais j'aime l'imaginer). De leur côté, les néopaysans des environs – dotés de voitures de rechange, d'antennes paraboliques et de réseaux à haut débit – se demandent avec un amusement inquiet comment je supporte cette solitude qu'ils cherchent à combattre. Là encore, je suis sincère : jamais je ne me sens aussi bien que seule, ici, à regarder la brume en débitant mes bûches – quoique la vie ait fait de moi une assez bonne nageuse dans le bassin de la vie mondaine.

Le destin nous surprend sans aucune logique. On peut naître riche et détester l'argent ; souffrir d'un corps faible mais n'aimer que l'aventure et les grands espaces ; découvrir au fil de sa vie d'étranges obsessions qu'on n'a pas choisies... Quant à moi, pour des raisons que j'ignore, j'ai développé très jeune une faculté d'entregent, un sourire sympathique, un goût d'entrer en relation avec les autres ; portée à la séduction, j'aime me rendre agréable et faire apprécier ma compagnie. J'ignore d'où cet instinct m'est venu ; je constate seulement que cette activité sociale s'accompagne souvent d'un réel plaisir, d'une bonne humeur communicative... Sauf que, pour des raisons plus obscures encore, je m'intéresse modérément à cette partie de ma vie. Mes désirs me portent toujours davantage vers la solitude et les marches en pleine nature. Si j'abuse de mes facilités dans la vie publique, une espèce de nervosité finit même par m'envahir, tandis que grandit en moi l'obsession de partir, de retrouver mon fourneau dans la vallée embrumée. Mon être social fonctionne à merveille en apparence ; je peux virevolter, plaire, sourire autant qu'on veut ; et il me faut encore, mécaniquement, continuer à séduire mon interlocuteur, quand mon être secret pense uniquement à l'urgence de s'enfuir.

Ma vie a donc fini par s'organiser ainsi : de Paris à la campagne et de la campagne à Paris. Ces dernières années, la part de campagne n'a fait qu'augmenter et mes plaisirs parisiens sont de plus en plus vite consommés. Lorsque je dois retourner aux affaires, je sens poindre cette angoisse liée à l'obligation de recommencer le combat, ce poids d'une contrainte nécessaire pour gagner ma vie. Mais dès que j'arrive à Paris, le jeu me reprend sans effort, avec ses petites batailles, ses décharges d'adrénaline, sa représentation et ses échanges d'intérêts. Je m'agite, je téléphone, je prends des rendez-vous, j'accepte des déjeuners, des sorties au spectacle, des discussions d'affaires, des apéritifs dans les grands hôtels, des cocktails (j'adore les cocktails où l'on papillonne). Tout cela m'amuse ; surtout les rencontres « importantes » qui mettent en jeu suffisamment d'argent, de célébrité, de pouvoir. Tout cela me grise, jusqu'au moment où le mal de tête me gagne comme une brusque fatigue, un ennui profond, une hâte de m'éloigner, d'oublier ces gens, de retourner au village où per-

21

sonne ne me téléphonera. Mais si quelqu'un téléphone pour une affaire pressante, il me retrouvera
toujours loquace, affable, caressante, désireuse de
faire ce qu'il faut pour lui être agréable.

Faire ce qu'il faut. Cela vient-il de mon éducation ? Depuis cinquante ans, je n'ai jamais pu
m'empêcher de faire ce qu'il fallait, de me lever
avec une bonne énergie, d'agir du matin au soir.
Or, toutes ces activités n'auraient pour moi aucun
sens (sauf celui d'une obstination maladive, con-
duisant à la mort ou à la folie), si elles ne me rame-
naient dans cette vallée, face aux vieilles fermes et
à leurs rangées de bardeaux – ces palissades de
planches noircies qui protègent les murs de la neige
et du vent.

Une rafale déchire à nouveau le brouillard et
j'aperçois trois petites voitures modernes, rutilan-
tes, garées près du cimetière : une rouge, une grise,
une bleue. Je me rappelle que je ne suis pas dans
un songe, mais dans une campagne-dortoir. Je me
rappelle que ces vieilles fermes poétiques sont cassées de l'intérieur, rénovées, modernisées, touristi-
fiées. Beaucoup plus confortables que par le passé,
elles sont moins favorables aux contes et aux légendes. Aujourd'hui, heureusement, le miracle
du mauvais temps ravive sous mes yeux la campagne moyenâgeuse ; il me rappelle que nous sor-
tons tous – nous, les stressés, les agités, les pressés
– d'une histoire plus lointaine, d'une histoire de
nains et de géants, de courses éperdues dans la

neige, d'une histoire de cloches d'églises qui battent la volée, de peur du loup et de conciliabules au coin des cheminées.

Samedi 12

De Paris au village et du village à Paris… Le même voyage recommence depuis mon enfance, quand je venais en vacances dans cette région, par le même train et les mêmes étapes, dans les mêmes compartiments où somnolaient des curés, des tricoteuses et des militaires en uniforme.

Longtemps ce décor est resté immuable, comme un témoin de mon propre vieillissement. J'avais cinq ans, dix ans, quinze ans ; autour de moi rien ne changeait. Malgré quelques modifications minuscules, ce train représentait l'éternelle image de la France où des enfants, comme moi, usaient les banquettes déjà râpées par leurs parents. Dans les mêmes voitures passaient les mêmes contrôleurs à casquette (je comptais sur leur front le nombre d'étoiles, me demandant pourquoi ils étaient aussi gradés que des généraux). Au-dessus des sièges amples en moleskine, des photos en noir et blanc évoquaient une leçon de géographie : le pont du Gard, un château des environs de Bordeaux, les boucles de la Seine aux Andelys… Une grosse manette qui ne marchait jamais permettait de ré-

23

gler la température. Même les horaires semblaient fixés pour l'éternité : je me souviens de l'express de 13 h 18 à destination de Munich et de Vienne. Longtemps je n'ai rien connu d'autre que cet express de 13 h 18 gare de l'Est, suivi par la correspondance de 16 h 40 à Nancy, où l'on délaissait le style international et rapide des « grandes lignes » pour entrer vraiment dans la province.

En changeant de train, nous changions aussi de monde. Entassés dans l'autorail de 16 h 40, les voyageurs rappelaient une autre réalité : la France ouvrière, ses travailleurs d'usines à la peau rugueuse, leur dignité silencieuse sous les bleus de travail et les costumes démodés. La voiture collective était bondée ; les passagers se serraient sans rien dire, patients et résignés dans la fumée des cigarettes. Le train, vert sombre comme un convoi militaire, traversait des zones industrielles. La plupart des passagers descendaient avant la montagne ; puis le terrain commençait à onduler d'une station à l'autre. La micheline avait à peine le temps d'accélérer que, déjà, elle freinait à l'arrêt suivant, où montaient des couples de paysans, coiffés de foulards et de casquettes. À chaque étape, un chef de gare criait le nom de la localité ; il arpentait son quai en propriétaire satisfait, puis donnait le signal du départ. Penchant la tête au-dehors, je reconnaissais cette odeur de résine et de

24

feu de bois qui signalait l'approche des forêts. À la ville d'arrivée, la voiture de mon oncle attendait pour filer, toujours plus haut, sur des routes sinueuses, dans les défilés de sapins, jusqu'au col lumineux encadré de grandes prairies.

Les bouleversements se préparent longuement avant d'éclater. Dans les dernières années du XXe siècle, l'ordre immuable des chemins de fer s'est brisé rapidement, comme si les habitudes que j'avais prises devaient soudain disparaître. Depuis vingt ans déjà, d'un voyage à l'autre, se multipliaient les signes avant-coureurs. Tout avait commencé discrètement par la suppression, à la gare d'arrivée, du service des bagages où nous venions, enfants, retirer la valise cerclée de fer envoyée pour les vacances. D'autres symptômes avaient suivi : le délabrement progressif des entrepôts en bois plantés le long des voies, la fermeture des consignes automatiques pour raisons de sécurité antiterroriste… Curieusement, quand la vague d'attentats était retombée, on n'avait pas remis les consignes en activité ; il n'était simplement plus question d'entretenir ces machines encombrantes et peu lucratives. Impossible, du même coup, d'aller faire un tour en ville en attendant le départ.

Mesure après mesure, la petite gare avait perdu la plus grande partie de son personnel et de ses commodités. Une succession de réformes discrètes lui avait conféré cette allure précaire, loin de l'administration solide de mon enfance. Dans un monde envahi par l'automobile, sur un territoire où les autoroutes se déployaient inlassablement, le minutieux quadrillage des chemins de fer convoyant humains et marchandises semblait soudain frappé d'archaïsme. Autour de notre station de montagne, les hangars achevaient de s'effondrer comme autant de résidus d'une organisation dépassée. La fonction de cette gare se réduisait à accueillir vieillards et lycéens qui ne possédaient pas encore de voitures – et quelques bataillons de touristes pendant les vacances. La fermeture des cafés du quartier ne s'était pas fait attendre ; mais comme il faut, dans chaque ville, un buffet de gare pour attirer les poivrots, celui-ci avait finalement rouvert ses portes dans un style rénové, avec décor de plantes et meubles en plastique substitués au lourd mobilier de gargote provinciale.

L'hiver dernier, de passage en Wallonie, j'admirais la belle allure de certains buffets qui ressemblent encore à des brasseries avec leur zinc, leurs fumées, leurs machines à bière et leur odeur de saucisses. C'est le charme des vieux pays industriels où les chemins de fer conservent leur place au cœur de la vie sociale. En France, les buffets se sont d'abord transformés en self-services ; puis la mode est passée et les décors ont encore changé pour satisfaire l'impérative réduction des coûts. Dans ces tristes cafétérias, un personnel réduit au minimum abat désormais une charge de travail considérable – le même employé prenant les commandes, servant une nourriture chère mal réchauffée au micro-ondes, avant d'assurer lui-même la comptabilité sur des terminaux d'ordinateurs.

Le dernier signe avant-coureur de la grande mutation fut toutefois la brutale réforme du système de tarification et d'émission des billets. Beaucoup d'usagers se rappellent, comme moi, la mise en place de bornes automatiques entièrement informatisées, censées simplifier la vie des voyageurs. Ils n'ont pas oublié leur embarras face à ces robots orange portant le nom prétentieux de « Socrate ». Tous, nous avons entrepris le fastidieux exercice consistant à tapoter sur le clavier virtuel, puis à affronter une interminable série de questions devant aboutir à l'émission du billet mais débouchant, plus souvent, sur l'échec de l'opération et l'obligation de recommencer à zéro. De cette révolution technique nous avons tiré quelques enseignements :

1. La quasi-impossibilité d'obtenir un simple billet de train, si l'on ne connaît pas précisément l'heure du départ ni celle du retour. Impératif nouveau puisque, jusqu'alors, le billet était un coupon interchangeable, facile à reporter d'un jour sur l'autre.

2. L'extrême lenteur de la machine : malgré les améliorations progressives, il est facile de comparer, aujourd'hui encore, les files d'attente dressées devant les guichets automatiques à celles qui patientent aux guichets humains, toujours sensible-

ment plus rapides. Malgré leur savoir-faire, les préposés de la SNCF doivent toutefois recourir au même système informatique extraordinairement buté, le fameux Socrate exigeant deux à trois fois plus de temps qu'il n'en fallait autrefois pour émettre un simple ticket de carton.

Au fil des voyages, mon intérêt pour le fonctionnement de la SNCF a pris un caractère obsédant. Comme mes séjours à la campagne devenaient plus fréquents, les mêmes questions se précisaient à chaque trajet : au nom de quelle décision supérieure un service qui, trente ans plus tôt, semblait fonctionner impeccablement devait-il être complètement bouleversé ? Pourquoi les chemins de fer, si prospères dans l'Europe d'après-guerre, apparaissent-ils maintenant – dans le discours des responsables publics – comme une contrainte étouffante pour les États, une organisation dépassée, ruineuse, exigeant des mutations profondes ?

La petite enquête que j'ai menée par l'observation, la lecture et maintes conversations avec les contrôleurs m'a persuadée que Socrate ne répondait pas seulement à une exigence de « modernisation ». Si les bornes informatisées ne simplifient guère l'émission des billets, l'automatisation favorise les suppressions d'emplois. Dans mon enfance, on imaginait que l'innovation technique entraînerait une amélioration des conditions de travail ; désormais il s'agit surtout de réduire les charges de personnel, selon des normes de renta-

28

bilité toujours plus exigeantes, au nom de cette *demanding* stimulante concurrence censée permettre l'enrichissement de chacun. À mes yeux naïfs de fille de la social-démocratie, la SNCF aurait pu se glorifier d'employer des effectifs nombreux et bien traités ; cette entreprise d'État régnait seule sur le marché et nul n'avait à s'en plaindre ; la puissance publique assurait son financement sans difficultés notables ; des années de « croissance » ininterrompue auraient même dû rendre cette dépense un peu moins lourde… Or, inexplicablement, depuis qu'elle voulait devenir « rentable », la compagnie s'avérait toujours exsangue et contrainte de se réformer davantage ; plus les économies augmentaient, plus s'aggravaient les endettements exigeant de nouveaux efforts. Au point qu'on pouvait douter de la compétence ou de l'honnêteté de ceux qui conduisaient de telles transformations.

Quand tout cela m'agace trop, je surfe sur Internet où une masse d'informations alimente ma réflexion. Des clients, des employés de la SNCF me communiquent leurs propres hypothèses sur le projet Socrate. À les croire, ce système de réservation viserait l'idéal du *remplissage maximum*. Les usagers devraient cesser de regarder le train comme une navette d'accès facile, mise à leur disposition selon des horaires fixes. Pour casser les mauvaises habitudes, l'entreprise a donc opté pour un système informatique qui rend très difficile l'achat

29

d'un billet sans date de départ ni de retour. Puis elle a créé toute une gamme de formules avantageuses, de promotions compliquées qui poursuivent exactement le même but : instiller dans les esprits le réflexe de la réservation, moduler les tarifs selon la demande, bourrer les trains rentables et supprimer les autres — autant de progrès où l'esprit contemporain voit la marque d'une bonne gestion.

Je me rappelle ce jour où mon train s'était arrêté en pleine voie, près d'un champ fleuri. La rame restait immobilisée depuis plus d'une heure. Comme la locomotive de secours n'arrivait pas, un contrôleur avait enfin pris le micro et délivré un message par lequel la SNCF priait sa « clientèle » d'excuser ce retard, avant de promettre une forme de dédommagement financier. Autrefois, la SNCF ne s'excusait pas : elle représentait l'État dont nous étions les bénéficiaires, gratifiés d'un service avantageux mais inaptes à nous plaindre. Ce jour-là, les « usagers » venaient de se transformer en « clients ». Après le moyen âge du service public, la Société nationale des chemins de fer était devenue une « entreprise » adulte et responsable, regardant ses voyageurs comme des partenaires. C'est ainsi, avec sourire et générosité, que se présenta à moi cette nouvelle logique commerciale consistant aussi bien à moduler les tarifs, à supprimer les lignes inutiles qu'à abandonner tout à fait le quadrillage ferroviaire du pays — au moment où les angoisses écologiques nous informaient pourtant qu'il n'existait pas de meilleur moyen de se déplacer.

Un bruit de tronçonneuse résonne au loin. Aujourd'hui, sous le ciel bleu pâle, l'air est doux comme un dernier soupir de l'été. Je viens d'envoyer par e-mail l'ordre du jour de mon prochain conseil d'administration. Un instant, je me suis sentie privilégiée : cofondatrice d'une agence prospère, je peux me contenter d'une présence épisodique au bureau, limitée aux grands dossiers, aux réunions importantes. Essoufflée, je pose mon cageot de bois et m'arrête un instant pour écouter le torrent. D'ici, la vue domine le village entouré de vastes sapinières qui donnent au paysage ce parfum de résine. Tout à l'heure, j'éplucherai ma salade en écoutant une station de radio suisse allemande dont les accordéons et les clarinettes m'offriront une agréable sensation de régression rurale, puis je chercherai dans la bibliothèque un livre que je n'ai jamais lu. Demain, s'il fait encore bon malgré l'hiver qui s'approche, je descendrai lire au bord de la rivière, dans ce creux de montagne d'où l'on aperçoit les prairies des cimes, comme si rien n'avait jamais changé.

Pourquoi aimer les choses qui n'ont « jamais changé » ? La première partie de ma vie était plutôt conduite par l'attrait des choses qui changent, des découvertes extraordinaires, des hommes politiques prêts à bousculer nos habitudes, des courants artistiques inédits. À vingt ans j'allais dans les festivals de cinéma d'avant-garde et les boîtes de nuit branchées, à la recherche de tout ce qui incarnait l'esprit moderne. À vingt-cinq ans je possédais l'un des premiers modèles d'ordinateur personnel et, si j'aimais déjà les vieilles fermes, c'était comme les souvenirs paisibles d'un passé qui jalonnaient l'histoire en mouvement.

À chaque voyage, je retrouvais les mêmes compartiments avec leurs banquettes en moleskine, leur ventilateur qui ne marchait pas, leurs photos en noir et blanc de paysages d'avant-guerre. Les bonnes sœurs et les militaires avaient fait place à une population de jeunes chevelus et de cadres dynamiques. Je me faisais remarquer à mon tour, imprégnée de nouveaux styles vestimentaires et musicaux, avec mon walkman où passaient les Talking Heads, mes sacs en skaï rose et mes romans de Modiano. J'avais même accueilli avec bonne humeur les premières modifications de l'express de 13 h 18, quand d'amples voitures « Corail » avaient remplacé les vieux compartiments, comme pour nous dire encore (c'était à la fin des années soixante-dix) que la modernité serait toujours plus confortable, spacieuse, rapide, optimiste.

Un mouvement inlassable, ininterrompu depuis la nuit des temps, m'obligeait à regarder vers l'avant… jusqu'à ce moment où j'ai commencé à regarder plus attentivement vers l'arrière. Était-ce le premier signe du vieillissement ? Me retournant pour chercher ces jalons dont la présence m'avait discrètement rassurée, je me suis aperçue qu'ils avaient presque tous disparu. Une nouvelle civilisation grandissait irrésistiblement sur la précédente, vidant de toute signification les vestiges du passé. La plupart des fermes s'étaient recomposées en maisons modernes avec chemin goudronné. À Paris même, les quartiers historiques se transformaient en circuits pour touristes et en résidences de luxe ; les soirées branchées ressemblaient de plus en plus aux soirées d'entreprise ; les jeunes écrivains parlaient de la « promo » de leur dernier roman ; les actrices à la mode se coiffaient comme des héroïnes de séries américaines ; les librairies se transformaient en magasins de mode. En trente ans le monde ancien s'était évaporé et, avec lui, cette modernité que nous avions rêvée comme un triomphe de la liberté, de l'imagination, de la paresse… Le présent ne parlait plus que de travail, de productivité, de profits.

Dès ce moment, j'ai commencé à rechercher en arrière les sentiments rares et subtils qui m'avaient attirée dans le futur. Mon goût pour le monde en train de disparaître s'est transformé en idée fixe. Avec une jubilation presque ridicule, je m'adonne aujourd'hui à chacun des gestes primitifs qui m'évitent d'utiliser une machine ou un véhicule : couper du bois, faire du feu, marcher une heure pour aller acheter un litre de lait, en sentant exactement la distance et l'effort nécessaires ; connaître la pluie, le froid, la brume ; croiser des bêtes en me rappelant le conte de Michka, le petit ours de la forêt. Imaginer que je me perds dans la broussaille, que la trace du sentier disparaît, que des bruits inquiétants m'encerclent à la nuit tombante ; retrouver cette peur antique sous les grands arbres, puis grimper encore le long du torrent jusqu'à la toute dernière ferme encore en activité.

Perchée dans une clairière au-dessus du village, celle-ci semble littéralement sortie de terre, fabriquée avec les roches et les arbres de la montagne. C'est la maison de Paul, de ses deux vaches, de ses poules et de son cochon. Il y passe l'hiver au coin de l'âtre et me reçoit avec une tasse de mauvais café. Sous l'appentis, près de l'étable, le ruisseau s'écoule continuellement dans un bac en grès. Dans la cuisine, sur une planche inclinée, quelques fromages en train de mûrir rapportent une somme dérisoire qui représentait autrefois l'essentiel des revenus de Paul et, aujourd'hui, beaucoup moins qu'un « minimum vieillesse ». Des chats bondissent du sommet de l'armoire sur un fauteuil. L'horloge égrène son tic-tac et j'écoute cet homme dire qu'il n'aime pas la neige qui va venir, cette neige qui rendait la vie dure aux paysans, cette neige qu'attendent impatiemment les rurbains, parce qu'elle marque le début de la saison touristique d'hiver.

Une infinité de changements minuscules ont bouleversé le sens du monde, comme je le constate au téléphone, à l'écoute de la météo régionale. Voici quelques années, on annonçait l'arrivée de l'hiver en ces termes : « *Habillez-vous chaudement, ce sera une mauvaise semaine, avec d'abondantes chutes de neige...* » Chacun redoutait le froid et l'isolement. Aujourd'hui, le préposé de la station enregistre son message sur un ton enthousiaste : « *Bonjour à tous et à toutes. Une excellente perspective ce matin : la neige arrive enfin. D'abondantes chutes vont redonner à notre région son caractère hivernal et permettre d'ouvrir les pistes de ski.* » On dirait qu'il travaille pour une entreprise de loisirs. Le même phénomène qu'hier ne signifie plus la même chose ; l'empreinte du climat sur les conditions de vie doit être radicalement réinterprétée ; les vieux paysans et les clochards des villes sont les derniers à appréhender le froid. Ce progrès, devenu tellement banal, rend soudain précieuse l'ancienne question du temps dont Paul me livre encore quelques bribes en reprenant : « Je n'aime pas cette neige qui va tout recouvrir. » Alors, à mon tour, comme une Parisienne mal dans sa peau, comme une femme moderne en quête d'authenticité, je m'efforce de retrouver les sensations d'antan en coupant du bois et en allumant le fourneau, avant de regagner la ville pour reprendre les affaires juteuses qui me permettent de vivre ici comme une sauvage.

Lundi 14

Il y a deux ans précisément (je me rappelle ce jour ; nous venions de fêter le quinzième anniversaire de l'agence), je regagnais mon village après un mois entier à Paris. Jusqu'à Nancy, le Corail avait suivi son cours immuable. Arrivée dans la capitale lorraine pour la correspondance, je m'étais dirigée vers le quai n° 11 où m'attendait, comme toujours, l'autorail de la montagne. Première surprise : je n'avais pas reconnu le train habituel avec son unique compartiment de première, sa grande voiture de seconde aux banquettes en moleskine usée. Je me doutais bien que ce véhicule archaïque finirait par disparaître mais – deuxième surprise –, contrairement au mouvement supposé de l'histoire, le modèle périmé n'avait pas été remplacé par un modèle plus moderne et plus spacieux. À sa place patientait un véhicule au rabais, étriqué, comme un pauvre jouet en tôle et en plastique. Ce train misérable était gras de saleté ; sa peinture grise semblait n'avoir jamais été nettoyée depuis la mise en service, sauf par ces plaisantins qui, du bout des doigts, avaient dessiné des cœurs et des sexes sur la poussière.

J'ai préféré supposer qu'il s'agissait d'un incident, d'un problème ponctuel, d'une difficulté d'intendance. Pour répondre à une situation d'urgence, la vigilante société des chemins de fer avait trouvé ce

véhicule au rebut, faute de mieux. Tout rentrerait
dans l'ordre la semaine suivante. J'ai donc fermé
les yeux sur l'étroitesse des portes coulissantes où
il fallait passer chaque épaule successivement, sur
la crasse qui régnait aussi à l'intérieur : cendriers
non vidés, emballages de sandwiches, toilettes bouchées, banquettes lacérées jusqu'à la mousse... En
traversant la voiture de seconde classe, j'ai remarqué les corps pressurés des ouvriers lorrains pour
lesquels on n'avait pas trouvé d'autre moyen de
transport. Bizarrement, alors que la population
grandit régulièrement en taille et en poids, les mesures de ce train, inférieures à celles du précédent
véhicule, permettaient à peine de tenir les genoux
droits face à son vis-à-vis. Quant à moi, j'ai cherché
en vain la voiture de première où je pensais m'installer plus confortablement, comme je m'en étais
octroyé le droit en payant mon ticket plus cher.

J'aurais vite oublié cet incident si la même situation ne s'était répétée au voyage retour, puis à nouveau la semaine suivante et, bientôt, chaque fois
que j'empruntais cette ligne dans un sens ou dans
l'autre. C'est alors seulement que j'ai posé la question au contrôleur, qui m'a annoncé, tel le porte-
parole navré d'une entreprise en perdition :

– Madame, il s'agit d'un train *déclassé*.

Je ne connaissais pas encore l'expression. D'après
l'explication, cette nouvelle catégorie supprimait
toute distinction entre première et seconde classe.
Mes penchants égalitaristes auraient pu approuver

une telle réforme (encore qu'il soit agréable, aux heures de grande affluence, d'accéder à une place assise moyennant un petit effort financier) ; mais il était clair que ce « déclassement » correspondait à un abandon total de l'entretien du véhicule, comme si la SNCF remettait entre les mains de la collectivité cette pupille de l'assistance publique ferroviaire. La misère particulière du train déclassé tient au sentiment très net que la ligne concernée et ses voyageurs relèvent eux-mêmes de catégories « déclassées », c'est-à-dire insuffisamment rentables pour l'entreprise d'État. Quelques échanges sur Internet me le confirmèrent bientôt : la priorité allait désormais aux lignes performantes, aux passagers à forte plus-value – cadres modernes et nouvelle bourgeoisie habituée des trains à grande vitesse, qui paient leur kilomètre cinq fois plus cher que les ouvriers lorrains. Ma vieille ligne provinciale – survivance d'une époque où le tarif kilométrique devait être identique pour chaque citoyen, d'un bout à l'autre du territoire – apparaissait désormais comme un inutile fardeau. burden

Ce n'était donc pas pour une raison morale qu'on avait supprimé les classes, mais pour alléger le personnel nécessaire à l'entretien. Par la notion de « déclassement » on signifiait l'abandon de toute responsabilité et, naturellement, ce transport au rabais s'appliquait aux passagers d'une vieille région défavorisée où le chemin de fer restait le meilleur moyen de se rendre à l'école ou à l'usine. Cette réforme dessinait une géographie nouvelle du prolétariat, avec ses itinéraires à faible rendement, ses voitures sans chauffage, transports de misère condamnés à survivre hors des circuits modernes. Dans le véhicule s'entassait la population des banlieues sinistrées de Meurthe-et-Moselle ; et chaque fois que nous reprenions la route, j'éprouvais le sentiment – nouveau dans mon existence – d'habiter un pays du *tiers-monde*. Non pas le tiers-monde archaïque antérieur au développement industriel, mais ce tiers-monde délabré qui *succède* au progrès ; une société à l'image de ce véhicule collectif qui ne mérite plus d'être nettoyé, à l'extérieur ni à l'intérieur ; à l'image de cette ligne abandonnée dont l'entreprise affirmait qu'elle coûtait encore trop d'argent. Seule l'autorité de la République rendait obligatoire son maintien, mais avec négligence, comme une branche morte du secteur public qui a d'autres affaires à régler, des dettes urgentes à rembourser, et peut bien laisser cette ligne-là prendre encore et toujours du retard, en attendant que des caisses de soutien, des œuvres sociales, des aides régionales acceptent de s'en charger.

Lundi soir

Plus cette organisation me paraît absurde, plus mon agacement se teinte d'euphorie. Je me demande si nos gestionnaires entendent leurs mensonges quand ils détruisent au nom d'une réforme urgente et salutaire. Leur conception de la vie et de l'entreprise a quelque chose de romanesque, au sens extravagant – qui allège le côté désespérant.

Mercredi 16

Demain, je rentre à Paris. J'ai toujours appréhendé ce moment du départ. Quand je venais ici, l'été, dans ma famille, la fin des « grandes vacances » approchait comme une sinistre perspective pleine d'école et d'obligations, après deux mois lumineux passés dans les champs. Aujourd'hui, à cinquante ans, je redoute encore de quitter le village, comme si je retournais vers l'abstraction, la nervosité, la carrière sociale et ses réseaux, tellement moins intéressants que l'idée de faire du feu ou d'aller à la ferme acheter une douzaine d'œufs. Je sais bien que, si je prends tant de plaisir à acheter une douzaine d'œufs, c'est parce que je suis une créature moderne un peu dégénérée ; cette promenade représente pour moi une distraction peu coûteuse, un délassement de citadine… Le jour du départ, j'ai pourtant envie de pleurer comme la petite fille que j'étais, condamnée à retrouver la *réalité*, à commencer par cette longue et déprimante descente en auto vers la plaine indus-

trieuse, puis le monde sans perspective et sans histoire qui s'est substitué à mes rêves de modernité.

Le taxi roule entre les pentes de la montagne,
toujours plus bas, toujours plus gris. Quelques
tuyaux rouillés dévalent une paroi rocheuse
pour alimenter des turbines électriques ; l'horizon s'élargit cruellement dans la plaine sur un paysage de papeteries, de lignes électriques, de lotissements, d'immeubles, de supermarchés ; le mystère
des brumes montagnardes s'estompe tout à fait dans
l'universelle banlieue, sous la pluie battante. Voilà
précisément ce que les drogués appellent une « descente ». Après cette chute pénible de l'altitude et du
moral, je grimpe tristement dans le train déclassé
recouvert de tags. Je regarde les gouttes s'écraser
sur les vitres noires de suie. Dans mes souvenirs,
il pleut toujours au moment du départ. Le train
va descendre encore, oublier les derniers versants
boisés, jusqu'à ce moment où mon humeur se ra-
nimera, en songeant à Paris où je vais arriver tout
à l'heure, à l'abondant courrier qui m'attend, à la
fête prévue pour la sortie du film de Jacques, au
peu d'importance qu'auront la pluie et la couleur
du ciel dans le quartier des Champs-Élysées, parce
que la ville est un autre monde, plus rapide et plus
animé, plus impersonnel et plus joyeux, où je vais
me noyer jusqu'à mon retour.

Comme d'habitude, les poubelles du wagon déclassé ne seront pas vidées, le chauffage sera peut-
être en panne et je reconnaîtrai, provenant de la

plate-forme, cette forte odeur de cannabis dont je ne suis pas l'ennemie par principe mais qui, à l'intérieur d'un véhicule dégoûtant, accentuera mon impression de survivre en pleine zone, dans le ghetto ferroviaire. Je n'aurai pas l'impression de baigner dans la modernité mais dans cette éternité déglinguée où cohabitent les victimes du changement obligatoire, derniers « usagers » pas encore reconvertis en clientèle. À certains arrêts montent encore, parfois, une femme chargée de paniers, un homme en béret, qu'on croirait sortis du XIXe siècle. Plus bas dans la plaine, les ouvriers lorrains ont fait place aux banlieusards texans, coiffés de casquettes de base-ball.

À Nancy, changement de style. Je rejoins la première classe internationale des trains rapides. Dans l'express d'autrefois, des indications en quatre langues (français, allemand, anglais, italien) enjoignaient de ne pas se pencher par la fenêtre. Elles me rappelaient que je vivais au cœur de l'Europe. Aujourd'hui, sur les lignes d'Allemagne, d'Espagne ou d'Italie, l'accueil des passagers se fait par une double annonce en français et en anglais, officieusement désigné comme langue de l'Europe nouvelle. Des ordinateurs crépitent ; quelques téléphones sonnent mais leurs utilisateurs restent affables ; ils se précipitent en manches de chemise vers la plate-forme, pour ne pas déranger. Dès Bar-le-Duc ou Châlons-en-Champagne, cette société de cadres modernes, souriants, aimables, anglophones, rapides

et parfois galants commence à me plaire. J'ai le
sentiment réconfortant d'appartenir à la frange
aisée de la société nouvelle. Je me réjouis d'utiliser
cette navette ferroviaire surtaxée qui me conduit
régulièrement de mes affaires parisiennes aux rêveries devant mon tas de fumier, et inversement.

Une annonce retentit : « *Ladies and gentlemen…* »
Le discours de notre « steward » est pompeux, le
ton un brin efféminé. Il promet des « viennoiseries », des « assortiments de friandises », un « buffet froid » et un « buffet chaud ». Ce langage stéréotypé relève de la banale escroquerie commerciale
consistant à « communiquer » pour écouler une
marchandise insipide. Au point de vente il faudra
faire la queue pendant quinze minutes, debout parmi
les cadres en goguette qui s'étaleront jusqu'au wagon suivant. Les hommes d'affaires s'impatiente-
ront en souriant mais continueront à se regarder
comme des privilégiés. Sitôt prise la commande, ils
tendront leur carte de crédit comme si l'essentiel
était de payer. Puis ils arpenteront le train avec
leur sac de provisions tièdes, en attendant de voir
à quoi ressemble ce panier de viennoiseries décon-
gelées. Dans l'express de 13 h 18, le service était
lent et la nourriture médiocre, mais on pouvait
s'asseoir ; on regardait défiler le paysage en lisant
le journal, avant d'avaler une soupe et un verre de
vin rouge en échangeant des phrases avec son voisin. Quelques trains allemands ont conservé leurs
wagons-restaurants ; comme si les vieux pays du

Nord restaient plus attachés aux derniers luxes du siècle passé.

En arrivant gare de l'Est, je serai pourtant joyeuse. Pressée de retrouver Paris, je penserai aux contrats en vue, aux virements fraîchement arrivés, aux huîtres de l'hiver qui commence, aux courses dans les grands magasins, à l'air vif des boulevards, aux vitrines des bistrots annonçant le beaujolais nouveau. En traversant le hall de la gare, je jetterai un coup d'œil vers l'immense tableau accroché au-dessus des guichets : le départ des soldats pour la guerre de 14. Fleur au fusil, les troufions et leur fiancée s'enlaçaient joyeusement aux fenêtres des trains, à l'aube des temps modernes, quelques jours avant le début du massacre. Cette peinture m'émeut. Même barbare et sanguinaire, l'histoire me rassure. J'ai besoin de sentir cette perspective, ce chemin parcouru, ce qui a changé et ce qui est resté… Les banlieusards tourbillonneront et, déjà, la ville s'emparera de mon esprit. Je me précipiterai vers la station de taxis pour un rendez-vous urgent, un rendez-vous qui m'excite. De retour à Paris, loin des brumes campagnardes, je retrouverai mes instincts de louve à l'affût de sa pitance.

Dimanche 20

Avant-hier soir, au dîner de gala « Idées et parfums » – nouvelle soirée lancée pour favoriser les rencontres entre managers, show-business, intellectuels et journalistes –, j'étais placée près d'un haut responsable de la SNCF. Mon agence organisait cette réception et j'avais œuvré pour rassembler le gratin qui se trouvait là, dispersé en vingt tables de six personnes. Cela ne m'amusait pas spécialement de m'asseoir près d'un homme d'affaires. Au dernier moment, je me suis sacrifiée pour boucher un trou et, vu ma nature accommodante, la perspective a commencé à m'amuser. Taquinée par mes obsessions, j'allais lui conter mes déboires avec l'entreprise publique, entendre sa réaction, écouter ses explications... Autour de nous se tenaient quatre autres convives : Lauren, une animatrice de télévision qui consacre son temps libre à l'enfance battue, François Singulier dont le livre *Pour une mondialisation critique* caracole en tête des ventes, une ministre éphémère et le footballeur Tazik Legros.

La conversation s'écoulait sans trop d'efforts, chacun causant avec son voisin ou sa voisine, en évitant d'imposer à toute la tablée l'exercice fatigant d'une conversation collective sur des sujets sérieux. Lors des rencontres que j'organise, je m'efforce toujours de composer des atmosphères propices à ce bourdonnement léger. En ce sens, la rencontre de Jean-Bertrand Galuchon, directeur adjoint de la communication à la SNCF, fut plutôt une bonne surprise. La quarantaine, grand blond frisé, il ne semblait pas enfermé dans son rôle administratif mais se montrait à la fois cultivé (il pré-

45

side une fondation d'art contemporain), informé et curieux de tout. Il a aimé le motif cubiste de ma robe et, presque aussitôt, nous avons confronté nos opinions sur la nouvelle directrice de Canal Infos (couche-t-elle vraiment avec le ministre de la Culture ? Cela influe-t-il sur le contenu du journal télévisé ?), si bien que j'ai renoncé à l'ennuyer avec mes problèmes de train. Les échanges d'informations glissaient agréablement jusqu'au moment où, dans un silence, Lauren s'est tournée vers moi pour demander, un ton plus haut :

— Alors, Florence, il paraît que tu passes de longs séjours, *complètement seule*, dans une maison en pleine montagne ?

S'agissait-il d'une attaque sournoise ? Avec une indiscrétion bruyante, elle avait insisté sur « complètement seule », comme une incongruité amusante. Évidemment, l'idée d'affirmer solennellement ce goût de la solitude extrême, au moment où je me trouvais en pleine activité urbaine, frisait le ridicule. Je n'allais pas m'afficher comme une Parisienne en mal d'authenticité. Mais, comme je sais très mal mentir et que je me crois toujours obligée de répondre aux questions, je n'ai trouvé d'autre solution que d'expliquer :

— Oui, je sais, ça peut paraître bizarre. En semaine je dîne en ville. Et chaque week-end j'enfile mon fichu de paysanne, je range mon tas de bois et je retrouve le poste de radio qui grésille.

On me dévisageait avec intérêt. Le footballeur avec sa chaîne en or autour du cou, ses pommettes de beau gosse et ses yeux lents, a hoché la tête avec compréhension. François Singulier a paru agacé, comme si mon attitude était désobligeante en regard de ses réflexions d'ancien maoïste, devenu fervent propagandiste de la mondialisation. Lauren insistait :

– J'adore cette idée : une organisatrice de soirées *people* rêve de retour à la nature…

– De macramé, d'élevage de chèvres dans les Cévennes ! a renchéri Singulier. Vous n'avez pas quelque chose de plus excitant à nous proposer ?

– C'est mon côté Marie-Antoinette trayant les vaches en son hameau, ai-je ajouté en souriant, pour donner l'impression que je me moquais de moi-même.

Chacun maintenant riait avec moi, comme si ma vie n'était qu'une agréable plaisanterie. Dans quelques instants, le chanteur Steven allait recevoir le prix « Idées et parfums » devant cette assemblée triée sur le volet, dont une partie avait intrigué pour figurer sur la liste. Quelques-uns espéraient apparaître, la semaine suivante, dans les comptes rendus publiés par des magazines. Au milieu de ces ardents espoirs sociaux, ma rêverie bucolique passait pour un divertissement, à l'image de cette fête bien organisée.

Quand les tables ont commencé à se disperser, j'ai bu quelques coupes (j'adore le champagne) pour communier dans l'excitation nocturne ; j'ai recommencé à présenter les uns aux autres, à m'assurer que tout le monde était content, et chacun s'est persuadé que telle était ma « vraie vie », mon incontestable réussite : pouvoir établir la sélection d'individus importants représentée ici, connaître intimement cette assemblée *people*. En même temps, une petite voix intérieure répétait qu'il s'agissait de ma « fausse vie », que tout cela ne m'intéressait pas en comparaison du paysage qui allait bientôt disparaître sous la neige ; mais cette voix mentait elle aussi puisque, à l'évidence, un snobisme sincère me soutenait dans mon activité professionnelle et dans ma fréquentation de célébrités provisoires ; comme s'il me fallait connaître tout cela pour m'en éloigner parfois et retrouver ma maison perdue.

Tandis que les premiers invités s'en allaient, Jean-Bertrand Galuchon s'est approché de moi et m'a pris l'épaule avec son sourire enjôleur :

— Il faudrait qu'on se revoie un de ces jours. On pourrait déjeuner ensemble.

— Ça me ferait plaisir à moi aussi !

Tout en disant ces mots sur un ton sincère, je supposais que sa carte finirait au fond d'un tiroir. Il a fait crépiter l'étincelle professionnelle :

— Aujourd'hui, à la SNCF, nous sous-traitons certaines campagnes de relations publiques. On pourrait penser à quelque chose ensemble…

À la perspective d'une *affaire*, mon sourire a retrouvé cette flamme dans laquelle on croit voir l'expression de ma chaleur humaine. Je me suis contentée d'ajouter :

— Comme je vous l'ai dit, je suis une habituée du rail. J'aurais beaucoup de choses à vous raconter. Cette semaine, je regagne la campagne. D'accord pour un déjeuner à mon retour.

Vendredi 25

J'aime le rythme du train, ce paysage qui défile comme une bobine de cinéma. Le mouvement continu de la rame à travers les cités et les campagnes donne le sentiment de filer au-dessus du temps. L'automobiliste, à l'intérieur de son véhicule, subit toutes les contraintes du monde extérieur : feux, carrefours, encombrements qui le maintiennent collé au sol. Le passager des chemins de fer glisse sur le réel ; il mène une existence libre à l'intérieur de cette navette où il peut dormir, travailler, manger, rêver, avant d'aller se dégourdir les pieds dans le couloir, l'œil toujours fixé sur l'image en mouvement, le ciel, les collines, les zones industrielles et les canaux.

Samedi 26

Quitter la gare en taxi, filer sur la nationale en direction du col ; tourner dans la vallée encaissée où les noms de hameaux se succèdent dans un

ordre précis… Quand s'égrènent les derniers kilomètres, je retrouve chaque détail des voyages de
mon enfance. Aujourd'hui, comme nous remon-
tions le long de la rivière, le chauffeur m'a parlé
de pêche à la ligne. Le cours d'eau ondulait parmi
les grandes herbes de la prairie. Une lumière do-
rée d'automne éclairait les sapinières accrochées
aux pentes rocheuses. Là-haut, sur la montagne,
j'ai reconnu la ferme de Paul dont la cheminée fu-
mait au milieu de sa clairière. Soudain, par la vitre
baissée, j'ai aspiré une bouffée plus âcre et plus
noire ; celle du camion de marchandises polonais
qui, depuis dix minutes, ralentissait notre avancée.

Chaque jour, pour éviter la route encombrée du
col, quelques transporteurs font le détour par cette
départementale. Leur choix dénote un certain sens
poétique, mais je me demande pourquoi, au
juste, le nombre de marchandises déplacées d'un
point à l'autre doit tellement augmenter chaque année. Quelles matières premières, quels objets ma-
nufacturés nécessitent ces ardents et incessants trans-
ferts ? Est-ce un aspect inévitable de la « libre
circulation des biens » que cet envahissement progressif du territoire par des hordes de machines
fumantes ?

J'en étais là de mes réflexions, quand la voiture
a fait son entrée au village, toujours désert à cette
heure où les rurbains sont en ville et les bûcherons
en forêt. Même sans poules devant les maisons,
j'aime ces porches d'étables et leur voûte en ber-

ceau, ces larges toits de tuiles et la petite auberge en grès rose. J'ai salué d'un geste la silhouette rapide et chiffonnée de madame Lecointre qui se précipitait chez madame Vogel. Le clocher sonnait midi ; le camion polonais a pris sa respiration avant de repartir plus vaillamment en projetant sur le taxi un nouveau jet de fumée noire ; mais j'étais heureuse à l'idée de rentrer chez moi, de marcher sur les sentiers, de nettoyer les rigoles avec ma houe. Dans un instant, nous allions tourner à droite et grimper encore quelques mètres de prairie jusqu'à la maison…

À ce moment précis, mon regard s'est figé dans une grimace ahurie, devant un gigantesque réverbère flambant neuf planté au bord de la route, à l'embranchement de mon chemin.

Le poteau devait faire quinze mètres de haut ; la terre était remuée tout autour et un socle en béton, scellé dans le sol, donnait son assise au système d'éclairage public. Éberluée, j'ai prié le taxi de s'arrêter un instant. Dans un réflexe de propriétaire, je me suis demandé de quel droit on avait planté ce réverbère en mon absence, juste sous mes fenêtres, dans l'axe de la vue plongeante sur la vallée… Je me suis rappelé que l'embranchement du chemin que j'ai fini par considérer comme le mien (car je suis seule à l'emprunter) appartient à la commune, tout comme ce pré qui sépare la route de ma maison. J'ai tâché de garder contenance devant le chauffeur, qui s'est exclamé :

– Ils vous ont mis un beau lampadaire. Au moins

51

vous y verrez quelque chose quand vous rentrerez chez vous !

— Vous êtes sérieux ? ai-je demandé dans un ricanement nerveux.

— Avec ces histoires de sadiques, mieux vaut un peu de lumière au bord des routes. Surtout pour une femme seule.

Je n'ai pu m'empêcher de répondre :

— Une femme n'est pas plus fragile qu'un homme !

Pourtant, sa réaction m'avait calmée. Je détestais d'emblée ce lampadaire, au beau milieu du paysage que je contemple plusieurs fois par jour en allant chercher mon bois. Or, le premier témoin interprétait positivement la catastrophe. Peut-être avait-il raison. D'ailleurs, les arbres sont nus à cette saison mais, dès le printemps, le réverbère se perdra dans la végétation du chemin.

Soudain, je me suis révoltée en songeant à cette lumière absurde devant ma terrasse. Depuis quelques années, le long des routes désertes et dans les plus paisibles coins de campagne, l'éclairage public jette partout sa lumière blafarde. Après avoir fini d'équiper les villes, les bourgs et les banlieues, les professionnels ont découvert ce nouveau *débouché* pour leurs activités et créé artificiellement un *marché* – tellement inutile qu'il leur fallait *créer le besoin*. Avec les méthodes propres à l'« esprit d'entreprise », ils flattent les maires pour écouler leur marchandise, tout en déployant un accompagnement idéologique (« sécurité », « modernité ») qui permet aux esprits simples de voir dans ces transformations une marque de progrès… Mon village n'est pas épargné, les réverbères ont envahi ses ruelles désertes. Quand je descends manger le soir, à l'auberge, j'ai l'impression de traverser une vitrine de Noël ; je ne peux plus marcher simplement près de la rivière en contemplant la ligne évasée des sommets, désormais vaporisée dans ce halo de lumière électrique.

J'avais seulement tort de me croire épargnée, d'imaginer que mon appartenance à une famille installée dans la région depuis plusieurs générations me vaudrait d'être consultée. Perchée dans ma demeure, j'observe à distance cet éclairage électrique, émergeant du village comme une insulte à la poésie. Vu d'ici, l'effet reste suffisamment lointain pour ne pas gommer les lignes de la vallée dans le soir, ni polluer les nuits enchantées de la montagne. Mais l'appel du progrès est irrésistible ; et la mairie semble avoir profité de mon dernier séjour à Paris pour planter ce nouveau réverbère, avec sa méchante lumière qui rappelle l'éclairage obligatoire des prisonniers et marque la fin de toute solitude, de toute liberté.

Lundi 28

Ce matin, j'ai franchi le portail de la société Votrengin. L'unique entreprise communale commercialise des véhicules destinés aux travaux forestiers. J'ai traversé le parking couvert de bulldozers jaunes, de tracteurs à chenilles et de camions de débardage. Grâce à cet outillage puissant, les chemins n'ont plus besoin d'entretien ; il suffit de pratiquer une percée dans la végétation pour tirer les grumes, après quoi les ornières sont abandonnées et reprises par la friche.

J'ai traversé le garage au fond de la cour, salué d'un geste le gardien installé dans son petit local, avant de me diriger vers le bureau de la secrétaire :

— Je dois parler au maire, c'est urgent !

Ses incisives de lapin se sont découvertes dans un aimable sourire. Après m'avoir annoncée au téléphone, elle m'a fait entrer dans le bureau où le premier magistrat de la commune — également patron de cette entreprise — s'est avancé pour m'accueillir. Grand, mince, il portait son habituelle veste de golf, façon campagnard moderne qui a réussi. Comme sous l'effet d'une bonne surprise, il m'a demandé :

— Florence, comment allez-vous ?

Toujours le même petit jeu. Il n'est pas mécontent que j'habite ce village, surtout depuis que je l'ai invité à prendre un verre avec ce présentateur de télévision, il y a trois ans. Régulièrement, je lui envoie mes piques sur les travaux inutiles qui se multiplient. Je me suis indignée, le jour où il a prétendu faire bitumer mon chemin. J'ai obtenu gain de cause, mais le camp adverse est fort. Fascinés

54

par le moindre signe extérieur de modernisation, certains membres du conseil municipal rêvent de transformer leur campagne en coin de banlieue. Ils ne comprennent pas mon point de vue et détestent que je m'oppose à leurs décisions souveraines (leur vision peu démocratique considère qu'il faut être originaire de la commune pour s'exprimer). Ils sont décidés à me faire entendre raison. Dans l'affaire du chemin bitumé, le maire a tranché en ma faveur. En plantant ce réverbère, vient-il de donner des gages à ses conseillers ?

— Pourquoi ne m'a-t-on pas prévenue ?

— Écoutez, Florence, c'est un programme voté par la commune et subventionné par le département : « Extension de l'éclairage urbain aux zones éloignées ».

— Comment ça, « zones éloignées » ?

— Il n'y a pas de raison que certains habitants, comme vous, parce qu'ils vivent à l'extérieur du village, ne bénéficient pas de l'éclairage urbain comme ceux du centre.

Au nom de l'égalité, on veut donc m'imposer un avantage qui va me gâcher la vie.

— Mais je ne tiens pas du tout à en bénéficier ! Ai-je demandé quelque chose ? Personne d'autre n'habite ce coin-là !

— Le conseil général considère que c'est une mission d'intérêt public !

— Oui, le conseil général, et la direction de l'Équipement, et sûrement quelques entreprises derrière tout ça !

Le maire a paru embêté. En un sens, il n'aimerait pas se fâcher avec moi, mais il doit satisfaire ses électeurs. Il a préféré esquiver :

— Franchement, je suis surpris que vous vous fâchiez. Vous allez vous habituer très vite. Et puis, c'est un gage de sécurité !

Je n'ai pas l'habitude de crier, mais je me sentais hors de moi :

— Et pourquoi devrais-je m'habituer ? Pourquoi aurais-je besoin de lumière ? Et de quelle sécurité parlez-vous ?

Il a soupiré puis s'est assis avant de reprendre, sur un ton confidentiel, comme s'il m'accordait une faveur :

— Écoutez, Florence, je vais être clair. Vous savez que la SNCF va probablement fermer le tunnel ferroviaire des Mines pour rénovation !

— Et alors ?

— Il est devenu trop vétuste. La région a donc voté un aménagement de la route du col pour accueillir le surcroît de transport routier…

— Qu'est-ce que ça peut me faire ? C'est à quinze kilomètres d'ici !

— Oui, sauf que le col est déjà saturé, que les travaux prendront au moins cinq ans. Aussi, après délibération du conseil municipal, nous avons demandé le classement de notre départementale en itinéraire bis !

Je suis restée un instant silencieuse, me demandant par quelle perversion mentale on pouvait réclamer un surcroît de circulation ; puis j'ai compté en silence les poids lourds polonais qui vont bientôt s'égrener sous ma fenêtre :

— Vous êtes complètement fous !

Le maire a fait une grimace :

— Florence, vous voyez ça en Parisienne. Pensez aux gens d'ici : ils ont envie que ça bouge !

— Ah oui, je n'y avais pas pensé ! Des routiers qui bougent à toute vitesse en crachant leur fumée sur vos géraniums !

— Vous ne vous rendez pas compte ! Pour le commerce local, pour l'auberge, pour la connaissance de nos entreprises… Nous allons pouvoir ouvrir un second restaurant, aménager un parking.

La folie de l'entrepreneur s'était réveillée. Lui-même attendait certainement beaucoup de ce « classement » qu'il qualifierait bientôt de « désenclavement ». Des dizaines de conducteurs de camions passeraient désormais chaque jour devant le siège de Votrengin, ce qui justifiait l'installation d'un éclairage public décent. La commune tout entière attendait avec enthousiasme cette nouvelle phase de développement : le *marché des camions qui traversent le village.* Selon ce plan grandiose, le petit bout de route départementale tranquille en dessous de chez moi devait se transformer en aire autoroutière.

Sans mon caractère accommodant, pressé de fuir les conflits qu'il amorce, je serais entrée en guerre ; sauf qu'à l'évidence les enjeux me dépassaient.

Je me suis donc contentée d'un sourire désolé, presque compréhensif ; puis je suis rentrée chez moi par le cimetière en poussant des petits cris de haine.

Mardi 29

Sur la cuisinière à bois, une grande bassine d'eau bouillonne silencieusement. Je regarde la vapeur s'échapper du couvercle qui frétille. L'humidité chaude se répand dans la maison et adoucit la sécheresse du chauffage électrique. Assise devant le fourneau dans une vieille jupe paysanne, je regarde avec délectation ma machine à feu en songeant aux ricanements de mes collègues, comme à ceux des villageois équipés d'appareils plus modernes, qui se demanderaient avec raison : « À quoi elle joue ? » Pourtant, j'éprouve une véritable émotion devant cette cuisinière en fonte, cette usine qui convertit le bois en braise, puis envoie sa fumée dans les conduits brûlants avec des craquements et des grincements de métal surchauffé. Je me rappelle avoir admiré le spectacle d'une locomotive à vapeur, louée par une compagnie de parfums pour le lancement de sa nouvelle gamme « Pacific ». Fascinée par le mouvement articulé des roues et des bielles au milieu des jets de fumée, j'avais l'impression de redécouvrir la prouesse de l'homme moderne maîtrisant l'énergie. Les trains à grande vitesse n'ont plus cette démesure théâtrale. Ils sont simplement efficaces.

Passant de la cuisine à la salle à manger, j'aperçois les nuages roses du couchant posés comme un décor au fond de la vallée. La masse obscure des montagnes se découpe dans le bleu sombre du ciel avant la nuit. Sur la ligne d'horizon, les crêtes de sapins et d'épicéas dessinent une fine dentelure. Le hameau repose au creux du paysage, avec son clocher de tuiles, ses énormes toits qui ne couvrent plus de greniers à foin. J'éprouve le bonheur de vivre ici, cette béatitude au grand air (« Ce doit être sexuel », dit un de mes bons amis). Je me sens heureuse dans ce théâtre odorant et frais quand, soudain, comme par l'action d'un interrupteur, tous les réverbères de la commune s'illuminent simultanément ; et celui du pré vient s'ajouter aux autres pour jeter devant moi son halo de lumière jaunâtre.

En un instant, l'éclairage public a brouillé la jolie composition de nuages roses et la dentelure des forêts. Mon regard est aveuglé par cette lumière puissante au premier plan. Quand mes yeux s'échappent pour regarder ailleurs, chaque détail du paysage reste gommé par cette clarté crue, grossière, insensible aux nuances, de plus en plus présente, au fur et à mesure que la nuit tombe.

Un réverbère est planté devant moi. Une route déserte vient d'acquérir le droit à l'éclairage, dans le cadre d'un plan de développement local qui doit permettre à cette vallée d'être saccagée par la circulation. Le symbole du progrès se dresse tout seul, posé absurdement comme s'il n'existait que pour m'éblouir, briser l'enchantement et narguer la fausse paysanne qui croyait échapper aux lois de son époque. J'entends déjà les ricanements : « Pauvre chochotte, elle se lamente pour l'esthétique de sa résidence secondaire, pour l'agrément de sa vue, pour le confort de sa ligne de train, quand il y a tellement de sujets plus graves ! » Mais ces détails sont-ils vraiment négligeables ? Faut-il les accepter sans rechigner, sous prétexte qu'il existe des dégradations plus importantes ? J'en reste donc à mes questions minuscules : « Pourquoi la lumière du réverbère me paraît-elle violente et intrusive quand le feu de bois me fait rêver ? Pourquoi un moteur de camion me paraît-il si fatigant quand j'aime écouter les grelots de la rivière ? »

Il me semble aussi qu'en plantant quelques sapins au bon endroit je pourrais supprimer le reflet sur la maison. Ne restera plus que cette tache de lumière sur le pré. Face à la menace qui grandit, je déploie mes capacités d'adaptation.

Retournant vers l'intérieur de la maison, je traverse la salle à manger et la cuisine ; puis j'ouvre la petite porte qui donne, côté nord, sur un étroit défilé plein de rochers et de bruyères. Ici, à l'opposé du village, nulle route, nulle trace d'éclairage public. Ce vallon encaissé s'enfonce au cœur du massif. Je m'assieds sur le banc en songeant que les salauds ne pourront pas m'enlever ce versant-là de la nuit ; ni ce bruissement continu du torrent, ni ces cônes de sapins et d'épicéas qui s'éta-

60

gent vers le ciel étoilé. Je m'immobilise un instant dans l'obscurité fraîche en regardant la poudre de constellations, en écoutant les gouttelettes d'eau rebondir sur les cailloux. Saisie par un rire heureux, j'entends le glouglou du torrent comme une parole familière. Je regarde à nouveau le ciel où je déchiffre des idées suspendues, des phrases faites de lumière, de parfums, de sons ; des questions intimement liées à ma propre existence ; des notions que je ne saurais formuler, et cependant parfaitement claires dans la nuit qui me caresse et m'instruit.

Mercredi 30

Hier, assise sur mon banc, près du torrent, je me suis rappelé la remarque ironique de mon vieil ami : « Ce doit être sexuel. » Difficile d'exclure totalement cette hypothèse. Je suis un peu vieille et plus très jolie ; il me reste de beaux yeux et une austérité de protestante ; je fais l'amour rarement et cela m'ennuie. Peut-être que les sentiments d'extase, les émotions devant la nature, cette jubilation physique qui me saisit en regardant le ciel étoilé ne sont qu'un phénomène hormonal, une poussée de désir détournée des organes pour se fixer sur le chant du ciel et l'eau du ruisseau qui rebondit en cascade...

— Tu es là ?

Une branche a craqué sur le sol. Je discerne des bruits de pas. Quand je suis seule à la maison, je m'inquiète parfois d'un simple frôlement. Hier soir, assise sur le seuil devant les étoiles, j'étais pourtant toute contente de voir apparaître dans la pénombre la silhouette de Grégory, un garçon des environs qui vient parfois me rendre visite. Il avançait, souriant, avec sa longue chevelure noire et ses vingt-trois ans, tenant dans la main gauche un pack de bières (je ne sais pas pourquoi, aujourd'hui, les jeunes ont toujours des packs de bières), et la cigarette au bec. Je me suis étonnée :

— Tu fumes en marchant, toi ?

C'était comme si je disais : « Je suis vraiment heureuse de te voir. » Il a ouvert ses grands yeux curieux pour remarquer :

— C'est monstrueux, ce réverbère en bas du chemin !

— La catastrophe ! Cette fois, ils ne m'ont pas loupée.

Il s'est assis près de moi et nous sommes restés un moment sans rien dire, accompagnés par le gargouillis du ruisseau qui donnait au silence un ton rieur. J'étais ravie qu'un jeune villageois comprenne mon point de vue, ce qui atténuait mon ridicule de citadine éprise de nature. Apparemment nous partageons, Greg et moi, les mêmes préoccupations, la même révolte post-adolescente. Le manque de pragmatisme nous unit dans une vaine résistance aux réverbères. Les étoiles semblaient bénir cet instant et nous avons goûté, l'un près de l'autre, cette claire soirée de novembre.

Son père est employé à l'élevage de chèvres agro-touristique implanté par la mairie pour utiliser une subvention destinée à « revitaliser la vallée » tout en faisant découvrir aux vacanciers quelques aspects de « l'activité pastorale traditionnelle ». Des appels d'offres ont été lancés ; une subvention de 1 million d'euros a permis de bâtir le hideux entrepôt qui abrite le bétail, jouxtant d'autres bâtiments pour le fourrage, la transformation du lait en fromage, etc. À l'entrée du parking, une boutique vend des produits laitiers et des souvenirs de la vallée. Le plus souvent, cette zone commerciale reste déserte. Chaque jour, le père de Grégory vient s'occuper des bêtes et tenter d'écouler la production dont une partie est régulièrement détruite. On sent bien que cette occupation l'ennuie, contrairement à l'entretien des deux 4 × 4 à bord desquels il accomplit de frénétiques navettes, de sa maison jusqu'à l'exploitation, et vice versa. Je le vois passer avec sa tête folle d'automobiliste pressé. Il n'a plus du tout la fibre paysanne.

Celle qu'il possède cependant le moins est la fibre artistique. J'ai pu le constater quand son fils, âgé de quinze ans, a éprouvé le besoin inattendu de s'absorber dans la peinture et la poésie. Cette passion spontanée relevait du mystère de la nature ; car rien, vraiment, ne prédisposait Grégory à s'intéresser à autre chose qu'aux carburateurs et au championnat de foot. Des artistes il ne connaissait que les vedettes à paillettes et les animateurs de télé-réalité. Pourtant, au lieu de suivre consciencieusement le stage de mécanique vers lequel l'orientaient des spécialistes, il s'est mis à proférer des idées bizarres, à interpeller ses parents avec des poèmes dadaïstes (révélés par un professeur de français), à s'acheter du papier et de la gouache pour peindre la vallée dans des tonalités étranges, à écouter toute la nuit dans sa chambre des disques de Varèse et de Miles Davis empruntés à la médiathèque de la ville voisine, avant de se lever fatigué et de rejoindre le collège professionnel où ses résultats n'étaient pas brillants.

La mère n'aurait pas détesté que Grégory s'impose sur les plateaux télé où de jeunes chanteurs et de jeunes acteurs s'expriment avec leurs jolies frimousses. Elle supposait que tout le monde avait sa chance à ce jeu-là. Sauf que Greg ne parlait pas de la Star Academy, mais prononçait des noms étranges comme Picabia, Michaux, Messiaen. D'après le dictionnaire, ces artistes jouissaient d'une certaine gloire qui n'avait pas encore atteint la télévision ; mais le père bougonnait furieusement, vexé par la morgue de son fils, qui le regardait soudain comme un ignare.

C'est à cette époque que Grégory a débarqué pour la première fois chez moi. Je le connaissais vaguement, parmi les gamins du village. Un jour, il a frappé à ma porte, comme si ses pas devaient le

conduire ici. Avait-il remarqué mon sourire bien-
veillant plein d'indifférence, ce parfait mensonge
qui me rapproche de mon prochain ? En tout cas
j'ai vite apprécié sa curiosité, si rare chez les adolescents qui, généralement, ne montrent aucun intérêt pour ce qu'ils ignorent et préfèrent vous expliquer le peu qu'ils viennent de découvrir. Greg
n'était pas ainsi. Passant d'un livre à l'autre, dans
une touchante confusion campagnarde, il citait pêle-
mêle Rimbaud et le général de Gaulle dont il avait
trouvé les Mémoires chez un oncle. Nous parlions
au coin du feu. Il me posait des questions sur Paris, sur le monde artistique. Il buvait mes réponses
avec cette candeur que j'avais perdue à Paris mais
que je manifestais moi-même ici, devant les casca-
des et les fermes de montagne.

Un beau matin, il annonça à sa famille qu'il voulait arrêter la mécanique pour les Beaux-Arts et le
drame éclata : un vrai drame du XIXe siècle. En un
temps où la plupart des parents encouragent toute
velléité créatrice de leur progéniture, en cette époque fiévreusement amie des arts, le projet de Grégory fit l'effet d'un épouvantable scandale. Son père
le traita de bon à rien, de paresseux, de tantouze,
de drogué, et, comme le fils répliquait qu'il était
lui-même idiot et grossier, l'éleveur de chèvres alla
chercher sa carabine, point culminant d'une scène
près de verser dans le fait divers… La mère en
larmes interrompit l'altercation ; le père et le fils
cessèrent de se parler ; la menace de « couper les

vivres » se substitua aux menaces physiques. Finalement, une cousine qui avait de l'influence envoya tout ce beau monde consulter un *psychologue*. Alors, une espèce de miracle moderne s'accomplit, chacun confiant son sort au spécialiste des rapports humains, qui apporta l'apaisement dans le ménage. Le père céda devant la pression, et Grégory partit étudier la peinture dans la capitale régionale.

J'aurais pu admirer cette attitude archaïque des parents, la défense du vrai travail contre une improbable rêverie artistique. Par son refus buté, le père obligeait son fils à prouver sa volonté et son talent… Pourtant, devant le destin de Greg, je retrouvais mon tempérament d'adolescente écœurée par une norme sociale étriquée. Quand ses parents l'agaçaient trop, il se réfugiait chez moi et je l'encourageais en lui prêtant d'autres livres. À l'auberge ou à la pharmacie, le père me regardait d'un œil méfiant comme si je voulais détourner son gamin, l'inciter à la paresse en lui promettant une vie trop facile. Il n'avait plus à s'inquiéter, car la société bienveillante avait déjà pris en charge Grégory en le poussant dans ses ambitions artistiques, sans exiger de lui la formation rigoureuse qu'il aurait mérité de recevoir.

Un désapprentissage méthodique des techniques de dessin lui a rapidement permis de gaspiller le talent manifesté dans ses premiers paysages pour y substituer des jets de peinture informes et négligés. Un professeur l'a persuadé de reprendre son éducation à la base, en oubliant la notion de représentation pour assimiler un vocabulaire nouveau, fondé sur le concept. Grégory a passé trois ans dans cette école, découvrant tout ce qu'on peut imaginer comme façon de crever la toile, d'aménager une installation, d'exposer des objets banals accompagnés de textes sophistiqués, de fixer des prix démentiels aux premiers travaux qu'il exposait dans une galerie d'élèves… tout cela pour obtenir son diplôme et ruminer enfin, dans la ville moyenne où il demeure, contre l'obscurantisme des classes aisées qui ne passent pas leur temps à acheter ses travaux ; pour dénoncer l'injustice sociale qui l'oblige à galérer et la médiocrité d'un monde où ses performances artistiques auraient dû lui valoir fortune et célébrité.

À vingt-trois ans, Grégory vit dans la bohème provinciale des artistes au chômage. Il donne quelques cours, boit un peu trop et revient passer quelques week-ends qui me permettent de voir apparaître, au bout du chemin, sa frimousse encore adolescente. Comme il est fin et délicat, il peint parfois, pour le plaisir, ces paysages que j'aime et que je lui achète de temps à autre. Dans le même temps, la maison de ses parents est devenue un entrepôt des horreurs : boîtes de conserve percées accrochées à des fils de pêche, photos de famille peinturlurées, monochromes de toutes les couleurs, et autres provocations dépassées depuis longtemps par l'histoire − sauf pour son père, l'éleveur de chèvres qui, aidé par le psychologue, a fini par développer une véritable admiration pour le talent de son rejeton et parle avec ferveur de ses dernières créations.

Mercredi soir

Ce moment avec Grégory était très pur, très beau.

Il commençait à faire froid quand nous sommes entrés dans la maison. Après avoir bu une première bière, il a saisi la fronde posée sur le rebord de la cheminée. À quinze ans, il ne sortait jamais sans cette arme primitive. Un jour, il l'avait oubliée ici.

Devant les bûches de hêtre qui brûlaient, il m'a regardée en disant :

— Je vais accomplir pour toi une œuvre contemporaine !

— C'est un genre particulier ?

— Oui, je vais t'offrir une impeccable création *conceptuelle*.

Il disait ces mots avec ironie. J'ai répliqué sur le même ton :

— Tu sais que j'aime les objets, pas les concepts !

— Cette fois, tu comprendras. Ma performance va émerveiller ton regard. Elle s'intitule : « Retour de la nuit sur le pré de la maison. »

Ayant dit ces mots, Greg se lève et ouvre la porte de la terrasse. Je le vois glisser dans un fourré, puis sa silhouette réapparaît un peu plus bas, près du réverbère illuminé qui éclabousse le pré de sa lumière banlieusarde. Il se penche vers le sol, cherche quelque chose ; son corps prend la position athlétique du tireur en train de bander son arc ; il tend sa fronde en direction de l'éclairage public. Soudain, il lâche sa main droite, j'entends un bruit sec et, presque aussitôt, l'éclaboussure blanche disparaît. Immédiatement je retrouve le ciel étoilé, le dessin de la vallée et la ligne sombre des montagnes à l'horizon : une nuit sans réverbère, miraculeusement et illégalement rétablie par la fronde de Grégory qui remonte dans les fourrés en me demandant :

– Qu'en penses-tu ?

Je suis à la fois heureuse et un peu gênée. Demain, la municipalité mènera l'enquête et rallumera sa lanterne. Tout cela n'a pas de sens, sauf la présence de ce jeune homme qui enchante une femme vieillissante. En troublant ma solitude de fausse campagnarde, il me rappelle que la vie est en jeu. Ayant brisé pour un instant les forces liguées contre la beauté, Greg va décapsuler une nouvelle bière et revient près de moi sous les étoiles.

La dentelure des sapins se dessine à nouveau sur les crêtes. Quelques conifères plus grands que les autres dépassent la ligne des forêts, légèrement échevelés, déplumés par le vent mais encore dignes avec leurs grands bras. Ils me lancent des appels et j'entends ce message enfoui jusqu'aux sousbois, dans les tapis de feuilles où se cachent les sangliers… Je ne crois pas que ce soit une question sexuelle. Ce soir, une qualité particulière de l'air me caresse la peau et me dit que je suis vivante. Les parfums qui tournent me racontent des histoires ; les étoiles scintillent comme une langue étrangère dont je ne comprends que certaines bribes mais dont la totalité m'enchante. J'écoute cet accompagnement sonore fait de rythmes liquides et de froissements de vent dans les branches, auxquels s'agrègent d'autres signaux, dans une polyphonie très savante et simple à la fois. J'entends cet écho, là-bas, qui résonne et se perd au fond du défilé, dans le désordre du torrent, jusqu'au ravin où la nuit parfois prend la forme d'une menace noire, d'une peur glacée, d'une vraie terreur sous le ciel bouché.

Tout à l'heure, un renard est passé devant ma fenêtre. Il ne me voyait pas et traversait la route d'un pas tranquille, traînant sa longue queue hésitante. Il prenait son temps, flânait comme un vagabond avant de s'interrompre un instant, et je me suis demandé s'il écoutait lui aussi le tintement des ruisseaux, s'il regardait les étoiles et s'il appréciait la caresse de la rosée... Je pourrais qualifier de jubilation ce sentiment différent de l'extase ou de l'excitation ; ce bonheur que j'éprouve la nuit sous le ciel clair, avec ce garçon près de moi, en regardant ce paysage où le réverbère public s'est éteint.

DÉCEMBRE

Samedi 3

Au mois de mai, je suis allée passer quelques jours à Hydra, une petite île de la mer Égée. L'hydroglisseur bondissait le long des falaises rouges du Péloponnèse. Des récifs couverts de pins émergeaient des flots. En regardant plus attentivement, j'ai distingué plusieurs chèvres broutant les arbustes au soleil déclinant ; elles semblaient jouir pleinement de leur condition, et je me demandais quel sens donner exactement à l'adjectif « moderne ».

Comme lors de mon précédent voyage à Hydra, j'avais espéré embarquer sur un paquebot finement dessiné, avec ses ponts et ses passerelles ; mais au port du Pirée, sans me laisser le choix, on m'avait poussée vers ce *Flying Dolphin*, un hydroglisseur nerveux qui ressemblait à une soucoupe volante, avec son habitacle entièrement clos. À l'intérieur, des postes de télévision accrochés au-dessus des têtes permettaient de suivre des émissions de téléachat en oubliant la succession des îles grecques. D'un certain point de vue, le *Flying Dolphin* était plus *moderne* que le paquebot ; en tout cas, il allait plus vite et portait un nom anglais. La mise en service de tels hydroglisseurs sur les lignes intérieures entraînait progressivement la disparition des anciens navires, trop coûteux en personnel et pas assez pressés de fendre la mer. Notre soucoupe bondissante remisait les grands bateaux au rayon des antiquités et les idées se bousculaient dans ma tête, puisque j'avais toujours cru à une certaine noblesse de la « modernité », avec ce qu'elle apporte de progrès, d'émancipation, d'enrichissement de l'existence. Or précisément, si j'effectuais cette comparaison, il me semblait que le vieux paquebot apportait les sensations les plus riches, une perspective de rêverie et de liberté. Le *Flying Dolphin* ne marquait un progrès que pour le temps gagné (deux heures au lieu de cinq).

En somme, si la modernité tient entièrement dans l'innovation technique, si sa principale valeur réside dans l'inédit, alors il faut éviter de l'idéaliser en prêtant à ce mot une valeur morale. On pourrait même être antimoderne, chaque fois qu'une trouvaille dernier cri apporte, en fait, une régression des conditions de confort, de méditation ou de plaisir – ce qui arrive assez souvent. Par exemple, bien qu'un téléphone mobile soit apparemment plus « moderne » qu'un téléphone fixe en bakélite, la qualité sonore de la conversation reste très infé-

rieure (parasites, interruptions continuelles...).
De ce point de vue, la « modernité » marque – au
moins provisoirement – une *régression* tout en ap-
portant certains avantages, comme de pouvoir téléphoner en pleine rue ou d'être contacté par son
employeur au milieu d'une promenade en forêt.
De même l'hypermarché où l'on se rend en voiture, où l'on va chercher son chariot sur un parking avant d'errer dans des allées qui empestent
le désinfectant, représente un progrès (pour le choix,
les prix, la rapidité) mais aussi un recul (pour la
qualité, l'agrément, la proximité) par rapport à
l'étal du petit commerçant.

Si l'on envisage au contraire la modernité comme
une notion quasi morale, correspondant au stade
le plus élevé et le plus favorable à l'épanouissement
humain, alors il faut cesser d'attribuer le qualifica-
tif « moderne » à n'importe quel gadget dont la
seule fierté est d'être récent. J'ose même trouver le
vieux paquebot plus « moderne » que le *Flying Dol-*
phin, puisque plus propice à la contemplation, à la
sensation de l'espace et du temps – quand l'hydroglisseur, dont toute la vertu se concentre dans
la vitesse, résume une vision mercantile et pressée
de l'humanité nouvelle qui marque un recul de la
modernité idéale.

À Hydra, la circulation des voitures est totalement interdite. Tout se passe en bateau, à dos
d'âne ou de mulet. Cette réglementation, imposée
par les riches propriétaires de l'île pour préserver

Vacation

leur villégiature, met en rage une bonne partie des autochtones, qui se sentent exclus du monde qui *bouge*. Ils préféreraient voir leur terre sillonnée par de vraies routes ; ils rêvent de faire tourner des moteurs, de vendre à prix d'or leurs terrains en bord de mer où pousseraient des lotissements touristiques, de développer le commerce et la voirie… bref, de *moderniser* cette île dans le sens de la vitesse, de l'industrie touristique et de l'augmentation du chiffre d'affaires. On comprend leur ambition et leur jalousie face à une réglementation imposée pour le confort des plus fortunés. Mais comment imaginer quelque chose de plus moderne – dans le sens de la sophistication et de l'art de vivre – que cette île improbable où l'on n'entend aucune voiture, où les chats et les ânes vous parlent au coin des rues ? Ce qui n'empêche pas, d'ailleurs, d'y regarder la télévision ni d'y passer des coups de téléphone.

Frustrés par l'eau et par le soleil, victimes d'un ennui mortel, les habitants d'Hydra ne voient rien d'autre que les habits clinquants de la modernité, l'excitation des affaires et le rêve banlieusard de l'humanité. De mon côté, je songe que la modernité la plus radicale doit être celle d'Épicure, persuadé que, si la vie doit apporter le maximum de jouissance, il n'existe pas, au bout du compte, de plus grande jouissance qu'un verre d'eau et un rayon de soleil.

De telles idées me traversaient l'esprit pendant

que j'observais ces chèvres sur les rochers, dans le miroitement de la mer au couchant. J'avais fini par me réfugier à l'arrière du *Flying Dolphin*, sur le minuscule ponton où une dizaine de passagers parvenaient à se serrer pour apercevoir les îles – tandis que les autres, à l'intérieur, suivaient sur des écrans le téléachat. Écrasés les uns contre les autres dans la chaleur humide, nous étions heureux de contempler les flots bleus langoureux, de recevoir en pleine figure quelques gouttelettes d'eau salée, bien qu'il fût impossible de parler, dans le vacarme du moteur qui envoyait sur nous sa fumée noire ; et je ne voyais rien de plus *moderne* que ces chèvres en train de brouter dans la mer Égée, choisissant précisément leurs arbustes sur un chemin à pic au-dessus des flots, jetant vers notre bruyant navire un regard dédaigneux, avant de tendre la langue vers les feuilles les plus appétissantes.

Lundi 5

Nous venons de passer Bar-le-Duc et les collines de la Meuse. De retour à Paris dans moins de deux heures, je m'interroge sur la modernité de la SNCF, devenue machine à réduire le réseau, à augmenter les tarifs, à limiter les plaisirs du voyage, à lancer des produits neufs, rapides et performants. On peut trouver plus « modernes » les trains d'autrefois, avec leurs amples voitures qui ne cherchaient pas à tirer de l'espace un bénéfice maximum ; avec leur tarif kilométrique unique pour toute la population, quels que soient sa localisation et ses moyens (un égalitarisme vraiment audacieux, vu d'aujourd'hui) ; et cette liberté qu'offraient les chemins de fer de voyager en lisant, en fumant, en mangeant au restaurant, en dormant dans des couchettes ou des wagons-lits (eux aussi en voie de disparition) ; ou encore ce sens extraordinaire de l'organisation qui poussait les ingénieurs à quadriller le territoire, à desservir chaque village, à implanter partout des gares et des postes de garde-barrière comme s'ils avaient prévu, un siècle trop tôt, que notre monde succomberait sous la folie des transports... Aujourd'hui, tandis que le monde succombe, ce réseau ferroviaire tombe lui-même en décrépitude et les autorails de province se transforment en trains du tiers-monde.

Même les grandes lignes sont affectées. Voici deux ans, j'arrivais gare de l'Est pour attraper le rapide Paris-Nancy. Or, en avançant sur le quai, ce jour-là, j'ai eu d'abord l'impression de me tromper. À la place de l'habituel Corail s'étirait une sorte de train de banlieue à deux étages. Ne pouvant imaginer qu'il s'agissait de la liaison régulière entre Paris et une grande ville, je suis restée d'abord hésitante devant le convoi qui s'apprêtait à partir ; puis je suis retournée voir le panneau d'affichage qui semblait formel : ce véhicule n'allait pas à Chelles ni à Noisy-le-Sec, mais bel et bien à

Nancy ! Un contrôleur à l'entrée du quai me l'a confirmé en quelques mots agrémentés d'une explication : lourdement endettée par les investissements des lignes à grande vitesse, la Société nationale des chemins de fer se voit contrainte de freiner le renouvellement des trains traditionnels sur le réseau de province. Le nombre de rames en état de fonctionnement diminue. Dépassée par la situation, la compagnie a mis en circulation ces véhicules d'un genre nouveau : des *pseudo-trains de grande ligne* qui comportent encore deux classes, mais portent déjà toute la misère du train déclassé.

Voyage après voyage, je m'y suis habituée. Le train de banlieue déguisé en grande-ligne applique une découverte essentielle de l'économie moderne : à savoir que l'exiguïté, l'inconfort et la saleté, tolérés tant bien que mal dans les transports de proximité, peuvent également devenir la règle pour les voyageurs qui se déplacent d'une région à l'autre. Ce pseudo-train rapide présente tous les inconvénients du train de banlieue, pour la simple raison qu'il s'agit *réellement* d'un train de banlieue, jumeau de ceux qui circulent en Île-de-France sur le réseau express régional. Aux heures d'affluence, ses deux étages permettent d'entasser un maximum de passagers dans un espace étroit, bas de plafond, où quelques coffres à bagages ont été accrochés, trop étroits d'ailleurs pour accueillir une valise, puisque cet espace n'y était pas destiné.

Seul l'esprit déréglé des gestionnaires — entièrement polarisés sur le chiffre d'affaires − a pu concevoir une idée pareille : transformer hâtivement le train de travailleurs en train de voyageurs. Pour faire passer l'arnaque, la SNCF a donc cherché comment déguiser ces rames en voitures de grandes lignes. Contrairement aux trains de banlieue, les deux étages sont tapissés d'une moquette médiocre, puante et vite détériorée. Des fauteuils vaguement plus confortables ont été fixés en première classe − sans toutefois déroger au principe de remplissage maximum. Selon cette loi générale de la modernisation des transports qu'on peut qualifier de « régression de classe », un passager de première doit disposer aujourd'hui de l'espace dont bénéficiait hier un passager de seconde (lui-même entassé dans un espace de plus en plus exigu ; il est question de bientôt voyager debout dans certains avions). Le même principe régressif s'applique à chaque nouvelle réforme.

L'extrême saleté du pseudo-train de grande ligne est liée au manque d'entretien mais aussi à la médiocrité des matériaux : saleté extérieure des tôles jamais lavées ; saleté des vitres qui se dégradent comme un mauvais plastique pour dresser, entre le passager et le monde, un voile flou couvert de rayures ; saleté intérieure des voitures aux poubelles souvent pleines, au sol négligé, aux appuie-tête noircis, aux toilettes hors d'usage. Des contrôleurs me le confirment à chaque voyage : après s'être débarrassée de son personnel d'entretien, la SNCF réduit le budget des entreprises sous-traitantes. Les rames ne sont plus nettoyées systématiquement. Tous les arguments sont mis à contribution pour augmenter les économies, y compris la prophylaxie : au nom de la santé publique, la SNCF a programmé la suppression définitive des espaces fumeurs, ce qui simplifie le nettoyage et l'entretien des cendriers, mais renforce le côté délabré des vieux trains puisque – toujours dans le but de réduire les coûts – on s'est contenté d'arracher les cendriers en métal des accoudoirs, dans lesquels subsiste un trou béant noirci par les émanations de tabac.

Pour justifier ces économies, la SNCF s'est appuyée sur des enquêtes qui soulignaient la gêne croissante des passagers, même très éloignés de l'espace fumeurs. On a ensuite invoqué la *volonté des fumeurs* qui réclameraient eux-mêmes la privation de tabac, tels des toxicomanes dégénérés implorant le soutien de la puissance publique (la SNCF avait insidieusement préparé le terrain en réduisant la surface des zones fumeurs jusqu'à les rendre presque irrespirables). Pour couronner le tout, de souriants porte-parole de l'entreprise ont assuré que les irréductibles pourraient toujours fumer leur cigarette *sur le quai* – quand bien même la réglementation des lieux publics l'interdit.

Ces mesures se rattachent en fait, comme le reste, à la rationalisation du système de réservations. Tout remonte au début des années quatre-vingt-dix, quand la Société nationale des chemins de fer, sous prétexte de moderniser son réseau informatique, a choisi de calquer son fonctionnement sur celui des compagnies aériennes. Tout a commencé par l'achat du logiciel « Socrate » à la compagnie American Airlines – le nom du philosophe athénien n'étant qu'une abréviation de *Système Offrant à la Clientèle des Réservations d'Affaires et de Tourisme en Europe*. Ce système de réservation obligatoire doit permettre à terme – comme dans les airs – de supprimer les trains à moitié vides pour les transvaser dans des trains à moitié pleins… Une telle gestion ne peut atteindre ses objectifs si l'on maintient, par exemple, des zones fumeurs où les places vacantes sont refusées par la clientèle non-fumeur. Inversement, la suppression de ces distinctions permet une répartition optimisée de la clientèle approchant l'idéal du bourrage maximum.

Sur certaines vieilles lignes, la compagnie tolère encore l'achat de billets sans réservation et l'habitude de grimper au dernier moment ; mais il s'agit de trains en péril, chemins de fer de basse catégorie circulant sur ces portions du territoire que la SNCF espère progressivement abandonner. Les communiqués de la direction émettent régulièrement l'hypothèse, puis l'intention toujours plus marquée de laisser aux régions la charge de ce réseau peu rentable – la compagnie nationale reportant ses efforts sur les lignes à haute valeur ajoutée dont le train à grande vitesse constitue le modèle, avec ses tarifs modulés et ses annonces en anglais. Plus d'équilibre entre ce qui coûte et ce qui rapporte ; chaque employé, chaque voyageur doit devenir intégralement rentable, et cette réforme se dissimule sous des prétextes sociaux, hygiéniques, et mille bonnes raisons économiques.

Dans son essai *Les Danseuses de la République* l'ingénieur des Ponts-et-Chaussées Christian Gérondeau prône l'abandon pur et simple des lignes régionales et du transport de marchandises. D'après son étude, riche en arguments irréfutables, la SNCF, minée par le sureffectif, pratique un gaspillage considérable. Le développement du trafic routier correspond mieux à la souplesse de l'économie moderne. Grâce à des véhicules « de moins en moins polluants », l'air ne cesse de s'améliorer dans nos villes et nos campagnes. Tout en défendant la survie de trains adaptés à la clientèle d'affaires, Christian Gérondeau regrette que les employés du fret ferroviaire refusent d'aligner leurs conditions de travail sur celles des transporteurs routiers. Travailler plus pour moins d'argent : le remède à tous les maux, la solution naturelle après des années de réduction des coûts. En découvrant cette analyse implacable, j'ai commencé à aimer la

Société nationale des chemins de fer pour ses effectifs trop élevés, ses salaires supérieurs à ceux de la concurrence, son réseau pléthorique et tout ce que la compagnie combat aujourd'hui.

Sous la houlette de hauts fonctionnaires jouant aux entrepreneurs, la société d'État poursuit sa transformation. La dégradation progressive de la qualité du transport sur les segments faibles du réseau renvoie les derniers usagers vers l'automobile. Le modèle aérien s'impose toujours davantage : assurer un transit rapide et massif vers quelques gares importantes, à partir desquelles chacun doit se débrouiller sur ses quatre roues. À la décrépitude du réseau abandonné s'oppose le gigantisme de la station TGV – sorte de base spatiale délocalisée en pleine campagne, entourée de parkings, qui marque le triomphe du voyage rapide, rentable, moderne, efficace.

Dans la jungle d'offres et de tarifs, chacun est prié de choisir ses dates et son itinéraire selon ses moyens. Entre l'usager du train déclassé sur une ligne secondaire et le client de première classe sur un luxueux Thalys de la ligne Paris-Bruxelles, le prix du kilomètre varie considérablement. Pour trouver des billets économiques, il faut se rabattre sur les promotions en vente sur Internet : réservations « non échangeables ni remboursables » aux jours et heures fixés par la compagnie. Il est également possible d'utiliser le service téléphonique où des standards automatiques vous demandent de crier « oui » ou « non » dans le vide. La minute coûte cher et il faut non seulement payer son billet, mais aussi le temps qu'on passe à l'acheter.

Ce glissement des transports publics vers l'entreprise commerciale trouve son expression accomplie sur le site web *voyages-sncf.com*. Outre l'achat de billets de train, l'utilisateur s'y voit offrir quantité de services : location de voitures, réservation de billets d'avion ou de chambres d'hôtel. En élargissant sa gamme de compétences à celles d'une agence de voyages, la SNCF oublie définitivement sa vieille ambition – conduire les voyageurs d'une gare à l'autre – et délaisse toute activité non rentable pour dégager de nouvelles sources de profits qui pourront la conduire aussi bien vers la Bourse, les assurances ou les actions pétrolières.

Un peu plus tard

Paysage sinistre de la Champagne pouilleuse : déserts calcaires transformés en terrains militaires, terrains agricoles où pointent quelques éoliennes gigantesques pour tirer bénéfice de cette région ingrate. Juste après Épernay, j'ai vu passer un vendeur ambulant pakistanais et son chariot à roulettes. Les boîtes à sandwiches tenaient avec des ficelles et des élastiques. Le sous-traitant avait visiblement réduit ses coûts, transigé sur la qualité des produits, rogné le salaire du vendeur ; mais le café était chaud.

Confortablement assise dans le train rapide, je réfléchis à la dégradation du service public. De retour à Paris, je vais passer huit jours à chercher des contrats, à négocier des prix, à dégager de nouvelles sources de profit. Je trouverai même dans cette activité un certain plaisir ; oubliant le réseau ferré, je vais étendre mon réseau d'influence, gagner le maximum d'argent en un minimum de temps, réunir le capital qui me permettra de tout arrêter. Dans ce curieux système, on peut être dedans tout en se rêvant dehors ; on en arrive même à se donner entièrement aux affaires dans le seul espoir de ne plus penser à l'argent.

Vendredi 9

Hier, rendez-vous avec Jean-Bertrand Galuchon, sous-directeur de la communication à la SNCF. Il m'a rappelée lui-même, comme pour me donner l'avantage. Je ne l'aurais pas fait spontanément, mais j'étais contente ! Je n'y voyais qu'un jeu de séduction, quand il a précisé vouloir « parler d'avenir ». Je me suis alors avisée que cet homme représentait pour mon agence un débouché.

En le retrouvant pour boire un verre, au bar de

l'hôtel Lutétia, j'étais décidée à lui plaire. Sur un ton de complicité, sympathique et détaché, j'ai raconté mes agacements dans le train, mes conversations avec les contrôleurs, mes accès de fureur face à l'évolution de la SNCF dont j'emprunte régulièrement les lignes. Abordant son terrain d'un regard critique, je parlais comme par amusement, sans montrer ma hargne. Évidemment, ce cadre supérieur comprenait les problèmes posés par la transformation du service public. Je voulais donc lui prouver que je pensais librement, faire sentir ma capacité d'analyse et, par là même, sa capacité d'accepter la contradiction ; un tel échange spontané nous conduirait vers la possibilité d'un contrat.

Nous buvions du champagne dans ce vaste salon aux lignes courbes, élégant comme une robe de 1925 (j'étais moi-même en tailleur). C'est ici, vers six heures, que bat le cœur doré de la Rive gauche. J'aime entendre le piano fredonner des standards de jazz, enfoncée dans un de ces fauteuils, là où passe tout ce qui compte à Paris en matière d'édition, de cinéma, de politique. Jean-Bertrand est arrivé sans mallette ni dossiers ; juste *Le Monde* sous le bras. Il n'a pas le style ennuyeux des commerciaux vulgaires, des communicants déchaînés, des énarques au courant de tout. D'un libéralisme cultivé, il semble pétri de bons films et de bons auteurs. Ses vêtements sont décontractés, ses références jamais bêtement comptables ou gestionnaires. Il suppose seulement qu'une entreprise d'État doit réaliser un maximum de profits pour, un jour, se revendre par segments avec une forte plus-value et entrer dans le grand marché.

– C'est notre but, Florence. Les gens doivent regarder la SNCF différemment. Nous sommes le *plus grand voyagiste du monde*.

La formule paraissait pompeuse. Aujourd'hui, toutes les entreprises veulent devenir la plus grande du monde ; fusionner jusqu'à ce qu'il n'en reste plus qu'une seule, sur les décombres de toutes les autres. J'ai répondu en riant :

– Je comprends le message et je pourrais le faire passer… Mais attention : même chez le plus grand voyagiste du monde, c'est dégoûtant de rouler dans des trains sales aux toilettes bouchées !

– Vous ne pouvez pas ramener le problème de la SNCF à quelques lignes secondaires qui affichent 10 % de remplissage ! Sur ce genre d'itinéraires, les gens préfèrent la voiture ; on ne va pas faire leur bonheur malgré eux !

Peut-être avait-il raison. Il a ajouté ironiquement :

– Quelle manie, aussi, de vous rendre dans ce trou perdu ! Savez-vous qu'il existe de hautes montagnes accessibles par TGV ?

J'ai repris une gorgée de champagne :

quaint

— J'aime le côté brumeux, le prolétariat vieillot des trains de l'Est !

— Oui, bien sûr… Si nous faisons cette campagne, je peux mettre à votre disposition une voiture avec chauffeur qui vous conduira jusqu'à la porte de votre maison. Ça vous conviendrait ?

Au moment de négocier un dossier important pour les chemins de fer, un responsable de l'entreprise publique proposait de me fournir une voiture ! Cela se passait tout naturellement dans un salon du Lutétia, à l'heure de l'apéritif. Et moi qui subis chaque semaine la décrépitude du réseau ferré, je riais avec lui parce qu'il y avait peut-être, au bout, un contrat suffisamment important pour me permettre de moins travailler. Telle est ma double vie : victime de la SNCF, mais prête à assurer la propagande de cette entreprise ; ennemie du capitalisme moderne mais glaneuse de budgets de communication ; indignée par le manque de rigueur de la fonction publique, mais capable d'accepter une somme trop élevée pour le travail que j'accomplis ; et toujours prête à me plaindre des impôts qui prélèvent une partie de mes revenus pour les redistribuer aux chemins de fer… Jean-Bertrand, de son côté, ne pensait vraisemblablement qu'à la privatisation et aux futures stock-options qui lui permettraient, un jour, d'acheter une villa sur la Côte d'Azur. Si bien qu'en somme ni lui ni moi n'avions le moindre intérêt pour l'objet professionnel de ce rendez-vous (le développement de la SNCF), puisque, simplement, nous cherchions tous deux à en tirer un profit maximum : lui pour vivre comme un nabab ; moi comme une paysanne.

Samedi 10

Telle Marie-Antoinette, je vais retrouver mes moutons. Dans le décor d'un hameau montagnard, j'habite une bergerie, où je goûte la solitude. La paix de la nature me guérit des agitations de la Cour, des enjeux de pouvoir et des nuits de fête… Les mauvaises langues prétendent que je suis davantage moi-même à la Cour qu'à la ferme. Elles me trouvent calculatrice ; elles dénoncent cette gamme de sourires plus ou moins forcés dans le naturel, plus ou moins sincères dans la chaleur et l'amitié, un peu las pour les uns, plus fervents pour les autres. Elles affirment que je succombe facilement à l'argent et aux flatteries. Elles ne savent pas que toutes mes pensées vont vers cette ferme que je regagnerai bientôt, vers la lande où je vais rêver, sous la pluie légère, en regardant les fumerolles humides s'élever du sol et me raconter les légendes de la vallée.

Dimanche 11, dans le train

Au retour d'un week-end en Bretagne, mon train venait d'arriver dans une gare en rase campagne où je devais attraper la correspondance pour Paris. J'avais marché jusqu'au bout du quai pour grimper dans la voiture de tête ; d'autres passagers s'alignaient dans le froid, chargés de valises. Les minutes passaient, l'express n'arrivait pas et je m'agaçais de ce retard quand une voix, dans le haut-parleur, annonça que le train subirait un retard indéterminé ; les voyageurs étaient priés de rejoindre le hall de la gare.

Évidemment, chacun se trouvait contrarié dans ses projets (moi-même, je devais rejoindre des amis pour dîner). Mais nous espérions un dénouement rapide ; et puis, ce retard annoncé était moins pénible que le silence. Dans notre vie sans surprises, nous venions d'être touchés par l'un de ces dérèglements qui pimentent la vie moderne. Comme souvent en pareilles circonstances, une certaine solidarité régnait dans la salle d'attente : des façons inhabituelles d'engager la conversation avec son voisin, de lui céder son fauteuil. Rassemblés dans l'épreuve, nous attendions patiemment les informations et la fin de l'épisode, tels des réfugiés sous un bombardement – sauf que le danger était minime. La préposée au guichet avait abandonné son ordinateur pour distribuer des boissons chaudes. De par ses fonctions, elle s'auto-désignait responsable de l'opération de sauvetage ; mais, derrière cette attention pour chacun, ses efforts pour répondre aux questions, on devinait son analyse de la situation :

– Voilà où en est le service public. Pas de train de remplacement, pas d'explications. La direction abandonne les usagers, comme elle abandonne ses salariés !

Une heure passa. Selon des rumeurs parvenues jusqu'à nous, l'express de Paris était bloqué en pleine voie derrière un train de marchandises, lui-même immobilisé par une panne de locomotive. Je me demandais pourquoi il était aussi long d'envoyer une locomotive de secours. Je songeais également que pareil incident était dans la nature des choses ; que notre habitude de voir tout fonctionner à la perfection est déraisonnable. Les plus fatalistes prenaient leurs dispositions pour une nuit de survie dans un gymnase des environs. Seul un monsieur strict, d'un certain âge, bougonnait dans son coin et rendait visiblement les syndicats responsables de la déliquescence du pays. railwaymen

Au début de la deuxième heure, je suis allée prendre l'air sur le quai, où une conversation s'était engagée entre passagers et cheminots. Une certaine sympathie rapprochait les deux camps, d'accord pour mettre en cause la « nouvelle politique » et cette frénésie d'investissements sur les lignes à grande vitesse qui conduisait à abandonner les trains régionaux. Un agent de la SNCF affirma que l'envoi d'un train ou d'un car supposait une décision de la direction régionale qui raisonnait selon des considérations budgétaires. On avait *délibérément choisi* de nous faire perdre des heures, quitte à rembourser plus tard nos billets. À la fin de la troisième heure, la locomotive de secours est arrivée, le train de marchandises est passé et l'express est entré en gare. Tandis que nous filions vers Paris, la vie a retrouvé son cours normal et je regrettais presque ce moment perdu, cette compréhension mutuelle qui s'était nouée, le temps d'une perturbation, entre la plupart des personnes présentes, comme si nous étions tous dans la même galère, soumis aux fluctuations d'une navigation qu'on n'avait pas choisie, mais dont il fallait subir les conséquences.

Lundi 12

Quand le taxi s'est approché du village hier, toutes les questions économiques, sociales, morales se sont dissoutes dans la bonne humeur de retrouver les signaux de mon pays enchanté. Tout là-haut, le massif de sapins s'accrochait à la pente raide ; quelques éboulis rocheux accentuaient l'allure sauvage de la forêt. Je reconnaissais la végétation animée de la lande où quelques gros cailloux ont roulé parmi les bruyères, les genévriers et les myrtilliers. Sur cette herbe drue, traversée de petits ruisseaux, les vaches prennent leurs quartiers d'été. Plus près de moi enfin, au creux de la vallée, s'étendait la grande prairie à foin où les gens, autrefois, venaient par familles entières, dans la chaleur de juillet, faucher des herbes hautes pleines de grenouilles et de mulots. Les yeux collés à la vitre du taxi, j'accomplissais mes retrouvailles avec l'idée du bonheur.

Dans un instant, j'allais me précipiter sous l'auvent, couper quelques bûches et les jeter dans la cuisinière qui emplirait la maison de sa bonne chaleur odorante ; ce soir, j'allumerais le poste de radio pour écouter, sur France Culture, un programme scientifique qui m'instruirait du développement de la biologie moléculaire, tandis que j'éplucherais une laitue avec un plaisir ignoré à Paris. Pourquoi suis-je incapable de vivre ici et là-bas de la même façon ? Pourquoi faut-il que s'opposent une Florence pressée, agitée, survoltée, et une Florence calme, lente, attentive ? Cette double vie se décline jusqu'aux ustensiles de cuisine, comme l'essoreuse à salade : la Parisienne, fonctionnelle et rapide (il suffit d'appuyer sur un bouton) ; la campagnarde, un bon vieux panier de fer que j'agite à grands gestes dans le jardin glacé avec la foi intacte de Marie-Antoinette… Mon bonheur rural est une extase de petite fille, joyeuse de revenir au paradis enfantin, pressée de retrouver chaque porche

94

d'étable, attristée par la disparition des basses-cours qui s'ébattaient dans le village avant l'augmentation exponentielle de la circulation et l'essor de la production industrielle de poulet.

Bref, je serais arrivée dans une joie presque parfaite sans la pensée du réverbère planté à l'entrée du chemin, absurde éclairage dont Grégory avait judicieusement détruit l'ampoule électrique dix jours plus tôt – mais en vain : le soir même, un bûcheron rentrant chez lui à la nuit tombante avait remarqué l'extinction. Cette panne, insignifiante dans une contrée plus développée, ne pouvait échapper aux yeux de néopaysans qui voient la lumière nocturne comme une étape de leur marche triomphale vers le progrès. L'ampoule était sous surveillance ; les villageois mettaient un point d'honneur à ce que son inutilité fonctionne à plein rendement afin que, plus jamais, la nuit ne tombe sur ce pré. Quelques jours plus tard, j'ai eu la mauvaise surprise d'apercevoir, près du réverbère, une camionnette de la société Lumicom. Tout en haut de l'échelle un employé procédait au remplacement de l'ampoule brisée.

Pour mon retour, aujourd'hui, j'ai pris le train plus tôt que d'habitude. Je voulais arriver en plein jour, sans cet éclairage public. Le taxi approchait de la maison dans la fraîcheur de l'après-midi, sous un ciel gris où passaient de grands nuages rapides annonciateurs de neige. Je retrouvais ma vallée intacte – au moins jusqu'à l'allumage automatique qui devait survenir à 17 h 30. J'allais retrouver mes rêveries jusqu'à la tombée de la nuit qui m'obligerait, désormais, à reporter mon attention de l'autre côté de la maison, vers ce défilé encaissé, vierge de lumière, de moteurs et de bitume. En somme, j'avais pris mes dispositions.

Quand le taxi a ralenti à l'embranchement du chemin, je n'ai donc prêté aucune attention au grand mât métallique planté au-dessus du pré. Je m'y suis d'autant moins intéressée que mon regard venait d'être happé par un spectacle épouvantable près du talus, au pied du réverbère ; une vision cauchemardesque, cette fois-ci : trois énormes poubelles colorées en matière plastique – l'une rouge, l'autre bleue, la troisième verte –, posées sur un socle en béton armé qui n'existait pas huit jours plus tôt. Trois bacs hideux, venus d'un autre monde, avaient élu domicile sous l'appareil d'éclairage public, juste devant mes fenêtres. Ils portaient des inscriptions sur leur carapace : « verre », « papier », « autres ordures ». Ces trois containers de tri sélectif formaient la haie d'honneur installée pour fêter solennellement mon retour au village. Sur le côté, un panneau métallique portait une inscription solennelle qui résumait le projet :

ESPACE PROPRETÉ

Qu'est-ce que la beauté ? Qu'est-ce que la laideur ? Selon les lois de la relativité totale, rien
n'interdit de considérer un ensemble de containers
en plastique pour ses qualités esthétiques. Leur incongruité même sur ce fond d'arbres et de prairies,
l'impudeur de leurs couleurs crues, contrastant
avec les nuances de l'herbe et des feuillages, méri-
tent un effort d'attention. À coup sûr, on a choisi
ce vert comme symbole de pureté, couleur em-
blématique d'une nature qu'on désire protéger.
Destinée à se fondre dans le paysage, cette couleur est pourtant si artificiellement verte, si faussement verte qu'elle jure d'emblée sur tous les
verts existants ; et ce bleu n'est pas celui de
l'azur ni de la mer, mais le bleu faux du désen-
chantement. La première qualité d'une telle esthétique est de se faire remarquer : au lieu de se
fondre dans la beauté du lieu, elle s'en montre
incapable et se contente, en définitive, de prouver qu'elle n'a rien à faire ici.

De subtils théoriciens disserteraient sur la matière de ces containers, vraiment révolutionnaire
au regard d'une vieille beauté portée sur les matériaux nobles ou jugés tels. Ce plastique épais, posé
en bas du chemin, n'est pas seulement un embal-
lage lisse et mort, portant le brillant inaltérable des
polymères pétroliers. Après quelques jours d'exis-

tence, il porte déjà les stigmates de son devenir. Une petite moisissure noire s'est immédiatement posée à la surface. Incapable de se fondre dans l'environnement (au contraire de la « patine » des matériaux naturels), l'objet tendra toujours vers son maximum d'incongruité. Encore toutes clinquantes d'être nées hier, ces poubelles de tri sélectif exhibent déjà leurs premières rayures, leurs premiers champignons, leurs premières infections, toute une dégradation propre aux matériaux industriels qui va progressivement altérer, boursoufler et poubelliser les poubelles jusqu'à l'extrême.

Certains après-midi, en tenue de randonneuse, je marche vers le hameau voisin, jusqu'au lotissement construit près d'une ancienne ferme misérable. À chaque fois, honnêtement, je tente de débrouiller la question : pourquoi ces maisons, vendues sur catalogue comme de « véritables maisons de maçon », me paraissent-elles *moins belles* que la masure pouilleuse au bord de la rivière ? Est-ce un sentiment grossièrement nostalgique qui me fait voir le plus récent comme le plus laid ? Aurais-je pensé la même chose de cette vieille ferme quand elle était neuve ? Aujourd'hui, son toit s'est affaissé sur les poutres ; rien n'est régulier dans ses lignes ni dans ses couleurs ; elle s'enfonce dans le sol à la lisière des bois et semble prête à s'y engloutir pour toujours. Au contraire, la véritable-maison-de-maçon, vendue sur catalogue, s'oppose à tout ce qui l'entoure par sa blancheur, son garage et son allée goudronnée. Assise dans l'herbe, je regarde les pelouses bien tondues – un peu ridicules au milieu des prairies de la vallée –, les grillages et les haies de thuyas comme dans n'importe quelle banlieue d'Europe ou d'Amérique ; j'étudie les carreaux sans croisillons, les fenêtres en PVC vendues et posées d'un seul bloc dans le trou béant, avec leur cadre en plastique et leur store coulissant. Ni volets, ni menuiserie, ni rien qui demande le moindre entretien : ces matériaux connaîtront seulement la dégradation puis le remplacement d'un seul bloc.

Étendue sur les fleurs des champs, je regarde ce petit pan de mur blanc que j'ai vu grandir, parpaing après parpaing, que j'ai regardé prendre forme lors de la construction rapide de la maison *posée* par terre comme des millions d'autres maisons semblables aux quatre coins du monde. Je regarde ce petit pan de mur blanc dans un coin de ciel bleu et, de toutes mes forces, je cherche comment le trouver beau, comment saisir sa qualité particulière, comment l'aimer comme on doit aimer le mouvement de l'humanité. Mais ce petit pan de mur blanc reste désespérément muet, comme un morceau de matériau mort dans un coin de ciel bleu, un mur de parpaings couvert de tuiles mécaniques qui, en dix ans, ont pris la teinte dégoûtante des matériaux de grande série. Alors je me tourne vers la vieille ferme et j'ai l'impression de voir, au contraire, un gros champignon sorti du sol avant d'y retourner, un terrier bâti avec des morceaux de prairie, des bouts de montagne, une hutte primitive dont les couleurs s'accordent au paysage, comme si la maison était son excroissance, comme si les matériaux, les pierres et les planches avaient vieilli au rythme de la vallée tout entière.

Le lotissement met en scène un concept de village réglé par les industriels de la construction. Les containers de tri sélectif contribuent, eux, *à faire le bien*. Sous mes fenêtres, l'Entreprise se pose effrontément avec ses objets et ses couleurs criardes, revendiqués pour leur côté pratique. Ici, le Nouveau Monde impose ses usages en rassemblant les ordures sous le nom de « propreté », en utilisant la population comme un personnel corvéable à merci, en contraignant chaque citoyen à accomplir lui-même le travail d'éboueur, et en présentant cette contrainte comme un progrès. Dans un monde où le sacrifice de chacun doit contribuer au bien de l'économie, l'*Espace propreté* se désigne à la fois comme un instrument en faveur de l'environnement, un mode de financement de la recherche médicale, un moyen pour l'administration municipale de réduire ses charges ; bref, un bras armé de notre survie qui peut justifier la violente dégradation visuelle du paysage.

De multiples sens commencent à m'apparaître tandis que je regarde, à l'entrée du pré, cet effrayant aménagement écologique. Dépit et fureur me font entrevoir toute la dimension diabolique de l'installation. Le complexe de tri sélectif n'est inauguré que depuis quelques jours mais, déjà, les néopaysans semblent s'être précipités avec ivresse pour jouir du dernier ustensile moderne dont on les a trop longtemps privés. Ils sont venus l'un derrière l'autre accomplir leur pèlerinage, dans une procession de voitures chargées d'ordures. Chacun avec son lot de déchets, ils ont inauguré les containers porteurs de changement. Quelques débris de verre, des étiquettes de bière jonchent déjà le socle en béton. De cet amas coupant suinte un écoulement fétide mêlé de lait et de vin rouge, qui glisse le long de la dalle puis s'infiltre dans l'herbe. Près du container rouge réservé aux « autres ordures » traîne une bouteille d'huile encore grasse. Quelques modestes sacs d'épluchures sont posés sur le côté, au pied des containers, comme un hommage des plus humbles à la propreté du monde. N'osant choisir entre les trois bouches, ils ont laissé leur présent sur le sol. Notre commune accomplit un nouveau pas dans sa marche vers le progrès ; elle rejoint le mouvement universel en offrant à sa population l'occasion d'accomplir ce geste symbolique accompli quotidiennement par les habitants des grandes agglomérations.

Depuis mon retour, avant-hier, je ne cesse de faire le tour du problème. Dix fois par jour, je viens regarder ces trois monstres. Je les examine par le haut, par le bas et par les côtés, avant de constater qu'ils sont toujours là, au bord du pré, prêts à accompagner mes jours comme le réverbère doit accompagner mes nuits. Je reviens timidement toucher ce plastique froid, sentir les odeurs de décomposition qui s'exhalent des bouches noires – l'orifice des containers, avec sa languette de caoutchouc sur laquelle se forme une bave collante et sucrée. Je regarde cet amas de laideur à l'état pur, en essayant de lui trouver une beauté… Mais il aurait fallu pour cela poser dans la vallée cent mille containers multicolores, donner au tri sélectif une dimension gigantesque capable de rivaliser avec la forêt, aller jusqu'au bout de la dégradation, être vraiment audacieux, dépasser cette médiocrité qui se contente d'attirer le regard et de briser l'harmonie des champs.

Tandis que je remonte le chemin, sceptique, d'autres idées se heurtent dans ma tête. En quoi ce genre d'installation améliore-t-elle l'existence des citoyens ? Auparavant, ils jetaient leurs ordures dans des sacs ou dans des poubelles métalliques ; une ou deux fois par semaine, un service intercommunal effectuait le ramassage à domicile, ce qui assurait des emplois. Pour les usagers, l'effort était minime. Dans les décharges ou les usines d'incinération, les déchets étaient triés par les chiffonniers et les ferrailleurs qui récupéraient les métaux et objets de valeur pour les revendre au poids. Tout ce qu'on nous demande aujourd'hui s'accomplissait déjà, à la seule différence que, désormais, chacun doit procéder à ce tri lui-même. Pour justifier cet effort individuel, on agite l'argument du « bien public ». En vertu d'une sorte de boy-scoutisme, la charge de travail supplémentaire consacrée par chaque citoyen à son temps-ordures est entièrement bénévole – en phase avec une société dans laquelle il faut travailler davantage et gagner moins… tout cela pour le seul bénéfice de *l'entreprise* de ramassage d'ordures dont le camion passe une fois par mois vider les containers. Sous prétexte d'alléger les charges municipales, ladite entreprise fonctionne avec un minimum de personnel, à partir du travail effectué gratuitement par les citoyens. Quant au gain pour l'environnement, il ne tient compte ni de la dégradation du paysage, ni des émanations de pourriture qui s'exhalent.

Pour me défouler, je me jette comme une démente sur Internet où je recueille toutes les informations possibles sur ce chantage à la vertu. Le sauvetage de la planète ? J'ai découvert par exemple que, faute de temps et de main-d'œuvre, une bonne partie des ordures récupérées dans les containers sélectifs est fréquemment *remélangée* après récupération. Beaucoup d'entreprises n'ont pas l'organisation nécessaire pour assurer le recyclage, et les déchets sont finalement détruits. Dans ces conditions, l'effort des citoyens qui trient leurs ordures ne constitue qu'une opération d'asservissement, un geste factice recouvrant une brutale réalité économique : la réduction du personnel de l'entreprise de ramassage, la réduction du personnel municipal, l'abandon par les communes des services réellement utiles, au profit de quantité d'investissements pompeux : aménagement de parkings, élargissement et bitumage des chemins, installation de réverbères et d'autres espaces propreté. Ainsi vont la modernisation et le progrès social dans un système économique dont la santé – toujours près de rechuter – exige de chacun une contribution accrue, un travail plus intense, une solitude plus résignée dans l'accomplissement des mille et une tâches quotidiennes qui justifiaient autrefois l'existence de mille et un métiers.

Jeudi 15

J'exagère, bien sûr, mais je suis en colère. Tout à l'heure, assise devant la cheminée, je me répétais, résolue :

– Je vais vendre la maison et partir ailleurs…

Sauf que je n'ai aucune envie de m'éloigner de cette montagne où chaque ruisseau me rappelle un souvenir ; sauf que j'aime cette demeure sur son promontoire, pleine d'histoires et de secrets, de vieux livres et de pots de confitures. Je vivrais dans un paradis vraiment désirable si l'on ne venait de planter là, juste sous mes fenêtres, ce réverbère et cette décharge.

Après deux jours passés à tourner autour des containers en laissant grandir mon ressentiment, j'ai fini par descendre à l'auberge, en choisissant précisément cette heure de fin de matinée où quelques autochtones se retrouvent pour boire un pastis avant le déjeuner. D'habitude, j'ai plaisir à les retrouver. L'ancien café, transformé en restaurant pour touristes, reprend à cette heure son allure de rendez-vous de campagne. Assise à une table, je suis la seule femme présente. Je bois un guignolet en écoutant les récits de forêt racontés par ces bûcherons alignés au bar ; j'écoute les histoires de chasse et d'animaux, les méfaits du héron et du renard – ces deux grands chapardeurs. J'aime le ton mal dégrossi, noueux, râpeux des accents ; j'aime la passion de ces hommes pour leur petite région, la fierté qu'ils éprouvent devant leur paysage, quand bien même ils se chargent de le saccager.

Hier, comme j'entrais dans l'établissement, le visage boudeur, j'ai senti que les quatre habitués rassemblés autour du comptoir attendaient eux-mêmes ce moment, comme si tout était prévu dans le calendrier de nos affrontements. Un bref échange de « bonjour » a éteint la conversation. J'ai commandé un café que la patronne m'a servi à la table où je feuilletais le journal local, en attendant que le premier se lance. Ils ont amorcé entre eux un bavardage qui m'était directement destiné. Dominique – chauffeur routier – parlait à son voisin :

– T'as vu le réverbère, en bas de chez Florence ? Ils ont bien mis deux jours avant de le réparer.

– Si j'avais chopé le con qu'a tiré dedans, a répliqué Joël, le garde forestier.

– C'est peut-être bien arrivé tout seul ! a enchaîné Alain, le bûcheron, d'une voix forte où je sentais l'ironie.

Il a profité de l'occasion pour se tourner vers moi, faussement complice :

– Et toi, Florence, t'as vu personne s'attaquer à ce pauvre réverbère, en bas de chez toi ?

J'ai avalé une gorgée de café chaud avant de répondre :

– Non, je n'ai vu personne ; mais si j'avais croisé le coupable, je l'aurais plutôt félicité…

Un silence désagréable est tombé sur l'établissement. Après avoir commandé une nouvelle tournée, Dominique a repris :

– Ah bon, la lumière te dérange, peut-être ?

L'heure des explications commençait. J'ai redressé le menton pour répondre sans me démonter :

– Bien sûr, je l'ai déjà dit au maire. D'abord, je

ne comprends pas l'utilité d'un réverbère à l'extérieur du village, au bord d'un pré tranquille, sur une route peu fréquentée. Cette lumière, ça gâche complètement le paysage…

— Il est pas à toi, ce paysage. Pense aux gens du coin. Ils ont droit au développement !

— Oui, et toi, pense à ceux qui choisissent de vivre ici !

Nouveau silence. Mon hostilité au réverbère paraissait sophistiquée ; on comprend mal cette lubie égoïste contre le progrès. L'état d'esprit des autochtones rappelle celui du Texan ou de l'Australien : le rural agrémenté de moteurs puissants. Tout, pour eux, tout commence et finit par une question de circulation. Dans leur monde, je fais quasiment figure de demeurée… C'est alors que Roger, le plus petit des quatre qui n'avait pas encore parlé, s'est redressé du bar où il était affalé. Celui-là passe ses journées à boire, comme en témoignent son teint rouge et ses propos pâteux. Une bouffée d'indignation l'avait saisi, tandis qu'il se tournait vers moi avec de grands gestes :

— Alors ça, vraiment, c'est incroyable ! Tu peux me dire combien il y a de réverbères dans ta rue, à Paris ?

Il m'a fallu quelques secondes pour comprendre sa question noyée de pastis, avant de répondre en soupirant :

— Oui, je te confirme qu'il y a au moins vingt

réverbères dans ma rue, et que cela ne me dérange pas du tout.

Roger s'est tourné vers les autres pour les prendre à témoin :

– Comment vous expliquez ça ? Vingt réverbères à Paris, ça la dérange pas ; un seul réverbère ici, et elle en fait toute une histoire !

Il haussait le ton d'une voix éraillée qui me rappelait Coluche dans le sketch du père alcoolique. Il insistait :

– Pourquoi on aurait pas droit à un seul réverbère ?

– Parce que j'aime Paris comme une ville, avec ses éclairages de nuit. Et que j'aime votre région pour ses bois, ses étoiles et son silence. Voilà ce qui est unique ; voilà ce que vous devriez protéger !

J'avais l'impression de tenir des propos sensés. Alain, le bûcheron, a exprimé son agacement :

– Tu ne sais pas ce que c'est que de vivre à la campagne. Tu viens en touriste, entretenir tes petits rêves.

– Comment ça, en touriste ? Je vis ici la moitié de l'année. Je connais le village depuis ma première enfance, et mes problèmes de paysage valent vos problèmes de voitures. J'en ai assez qu'on me regarde comme une touriste, sous prétexte que je ne suis pas née sur place !

Dominique a tenté de calmer le jeu :

– Quand même, les réverbères, c'est rassurant pour une femme isolée. Avec tous les vagabonds ! Au moins, tu vois ce qui se passe devant chez toi.

J'ai levé les yeux au ciel :

— Mais qui vous raconte ces sornettes ? Les entreprises qui implantent ces éclairages avec votre argent ? Je vous remercie pour votre attention mais, tout ce que je vois d'inquiétant, depuis quelques jours, c'est cette lumière blafarde !

Je pourrais habiter ici depuis un siècle, ils me regarderaient toujours comme une bête curieuse ; mais j'ai parfois l'impression qu'ils se moquent carrément de moi. Alain a porté le coup de grâce :

— De toute façon, on était bien obligés d'installer le réverbère à cet endroit-là, à cause des ordures.

Dominique s'est empressé de renchérir :

— C'est vrai, si quelqu'un vient jeter ses bouteilles ou ses papiers, il faut bien y voir clair devant les containers !

— Et il faut que je contemple tout cela depuis ma fenêtre ! Charmant spectacle ! Et grande délicatesse dans le procédé : non seulement on ne m'a pas prévenue du réverbère mais, quand je suis venue demander des explications, on s'est bien gardé de m'annoncer l'arrivée des poubelles. Sans doute parce que je ne suis qu'une touriste !

Roger, le poivrot, a trouvé le mot de la fin, redressant une nouvelle fois son visage rouge et indigné pour brailler dans ma direction :

— Voilà comment c'est ! On fait des choses pour les gens, et ils se plaignent au lieu de vous remercier. Franchement, ça me dégoûte !

En sortant du café, je me sentais moi-même assez dégoûtée. Dégoûtée par cette situation. Dégoûtée par le sentiment d'être pour toujours, ici, une étrangère.

Vendredi 16

En quelques années, l'agriculture a complètement disparu de cette montagne au climat sévère. Les pentes escarpées sont peu accessibles à l'outillage moderne ; le ramassage du lait coûte désormais plus cher que le lait ; les petites fermes conçues pour l'autosuffisance restent imperméables à toute possibilité de progression du chiffre d'affaires. Les planificateurs de l'industrie agroalimentaire les ont donc laissées gentiment s'éteindre, quand ils n'ont pas encouragé leur extinction. Perchée sur sa clairière au-dessus de la vallée, l'exploitation de Paul est la dernière de toute la contrée.

Pour s'y rendre à partir de l'auberge, il faut tourner à droite derrière la scierie abandonnée, prochainement transformée en musée du bois. Le sentier file près du torrent qui dégringole entre les pierres sombres. Il faut passer le pont vermoulu, puis grimper encore en longeant cette rivière bruyante dans laquelle se déversent les ruisseaux qui suintent de tout le versant. Dans le lit du torrent, des herbes géantes, des trèfles monstrueux, des troncs d'arbres pourris donnent à la végétation un air tropical. J'imagine des mondes habités sous ce foisonnement humide. Le cinéma fantastique m'a appris à regarder chaque détail comme un paysage sous la loupe. magnifying glass

Après quinze minutes d'ascension, le sentier devient moins escarpé ; la végétation gorgée d'eau et de pourriture se raréfie ; on a l'impression de sortir du sous-bois pour accéder aux portes de la vraie forêt. De très hauts sapins se dressent comme une enceinte sous laquelle s'engouffre le chemin. Le pas ralentit avec une sorte de respect, comme s'il fallait cesser de se faufiler près de la rivière et se faire humble pour pénétrer dans ce royaume. Sous les arbres centenaires, l'espace est à la fois silencieux et bruissant ; un chuchotement perpétuel provient des zones élevées où les oiseaux se répondent, mais aussi des fourrés où un froissement de branches signale parfois la présence d'un chevreuil, d'un renard ou d'un écureuil. Quelques minces rayons de lumière transpercent la voûte des branches. archway

À dix ans, j'adorais l'histoire de Michka : un petit ours en peluche s'enfuit de chez sa maîtresse ; il marche dans la neige avant de pénétrer timidement dans les bois. Les illustrations de ce livre m'ont toujours fait rêver. Dans mes souvenirs d'enfance, elles se confondent avec les premières images réelles de la forêt. Leur auteur, Féodor Rojankovsky, a vécu en Russie au début du siècle, avant de s'exiler en France puis en Amérique.

111

Quand Michka s'enfonce sous les sapins, on aperçoit encore, derrière lui, la lumière du jour. Mais,
devant lui, c'est la vaste pénombre où passent quelques animaux fugaces, insaisissables ; et j'éprouve
un sentiment bizarrement poignant quand Michka
s'immobilise devant ces lièvres qui s'enfuient, ces
oiseaux posés sur les branches, cette nature froide
et solitaire, enfouie comme un monde intérieur,
cette nature enfantine pleine de questions sans réponse, où l'on sent la présence du rêve et de la
mort.

À mon tour, j'avance sur le chemin entretenu
par des générations de forestiers ; je franchis les bois
d'eau qui coupent le sentier et facilitent l'écoulement des pluies. Et voilà précisément ce qui me
touche : cette présence humaine incrustée dans
la végétation ; l'impression que chaque aménagement destiné à rendre la nature moins hostile a fini
par se fondre dans le paysage. Aujourd'hui, on
remplace les anciens ponts de pierre par des buses
en béton, les bois d'eau par des gouttières en métal qui ne se prêtent guère à la patine et donnent
à la futaie des airs de banlieue. Mais toute une
partie du massif conserve ses signaux secrets. Je
tourne sans me tromper à chaque carrefour ; je
retrouve le bon chemin dans la broussaille ; je
longe des ravins où les troncs s'accrochent aux
éboulis, cimes dressées vers la lumière. Puis les
branchages commencent à s'espacer, la prairie n'est
plus très loin.

Un muret effondré sépare la forêt de la clairière. Au moment de le franchir, un rire joyeux me saisit ; non pas un rire moqueur, mais un rire clair de satisfaction devant ce paysage impeccable. « Ce doit être sexuel », répéterait mon ami pour qualifier une telle manifestation de plaisir, chaque fois qu'un accord subtil se noue entre les formes, les couleurs, les sons et la texture de l'air parfumé. Dans la prairie, j'entends le gargouillis d'une rigole roulant son sable de grès rose au milieu des herbes. Un peu plus loin se dresse la ferme de Paul qui surplombe l'horizon et ses lignes de crête. Le toit de vieilles tuiles dessine des vagues, comme si certaines poutres s'étaient enfoncées pour donner à la construction les creux et les bombements d'un corps vivant. À l'étage, quelques fenêtres de chambres sont percées dans la façade en bois noirci par les intempéries. Au pied de la maison, prolongeant la cuisine, le four à pain s'avance à l'extérieur comme un vieux nez, près des tas de bûches méthodiquement rangées pour l'hiver.

L'hiver commence mais la neige n'est pas encore là, et je marche dans l'herbe drue mêlée de fougères odorantes. Je franchis d'autres rigoles avant de m'asseoir un instant sur le tapis mousseux, pour observer au loin les courbes du massif : une ondulation de ballons, de versants bleutés couverts de sapins jusqu'à l'extrême flou de l'horizon. Tout cela me fait infiniment plaisir et me donne envie de rire à nouveau, d'un beau rire de plénitude répondant à toutes ces parties de mon être que sont le ciel, les champs et les feux de bûcherons aux effluves résineux.

Dans les derniers mètres, plus raides, mon souffle peine un instant. Je longe le potager où poussent haricots, salades et pommes de terre, au milieu d'un enclos protégé des bêtes. Adossée à la ferme, une passerelle en bois accède à l'entrée du grenier à foin qui occupe toute la hauteur de la maison. Les paysans montaient de grands sacs d'herbe fraîche et les vidaient pour l'hiver dans ce vaste espace sombre, plein de poutres et de toiles d'araignées. Un fermier de la plaine vient encore chaque été faucher cette clairière ; il emporte une partie du fourrage pour ses troupeaux après avoir rempli le grenier de Paul, qui conserve deux vaches – deux vraies vaches de montagne que je visite régulièrement dans l'étable.

Avant d'entrer, je sens l'odeur du tas de fumier et, je ne sais pourquoi (mon côté Marie-Antoinette ?), cette odeur me rend joyeuse elle aussi. Je n'éprouve aucun dégoût pour cette matière dégoulinante et noire, mêlée aux brindilles de paille. La question du déchet ne se pose pas dans les mêmes termes qu'à l'« espace propreté ». À l'angle de la ferme, six poules noires et rousses surgissent autour d'un coq et s'approchent avec un rien d'arrogance, le cou agité de saccades régulières. Je les sens impatientes de voir s'il n'y a rien d'intéressant de ce côté où elles ne sont pas venues depuis un quart d'heure. Elles piquent des vers dans le sol ; la dernière arrive à toute vitesse, de crainte d'avoir raté quelque chose, tandis que j'entre sous la remise. Des outils sont appuyés contre le mur ; deux paires de sabots sur le sol. Quelques lapins méditent dans leurs clapiers.

Une seconde porte donne sur la cuisine où Paul doit s'ennuyer près du fourneau. Avant de le rejoindre, je risque une tête dans l'étable. Les deux vaches se tournent vers moi en léchant leurs babines pleines de foin, puis elles se penchent à nouveau sur la mangeoire. Harnachées d'un collier en bois, elles demeurent tout l'hiver à l'abri de cette charpente. Leurs journées s'y écoulent, rythmées par la traite du matin et la traite du soir. Ce sont deux vaches nerveuses et musclées : la Vosgienne au dos blanc et aux flancs noirs finement mouchetés ; la Montbéliarde au pelage marron. Je crois vraiment qu'elles se sentent chez elles. La Vosgienne s'allonge tranquillement sur le flanc et me regarde fixement ; l'autre tend sa grosse langue vers l'herbe sèche, encore verte. Leurs conditions d'existence me paraissent en tous points meilleures que dans une exploitation moderne ; mais j'aimerais savoir ce qu'elles en pensent. Seul signe du temps, un anachronique morceau de plastique orange est agrafé à leur oreille. Cette plaque numérotée leur donne un petit air de vaches punks.

Au moment de quitter l'étable, je vois Paul s'approcher, l'air toujours un peu las, traînant une jambe derrière l'autre. Il apprécie les visites et me salue en souriant. Tout est lent chez lui, son élocution, sa façon de quitter ses pantoufles pour enfoncer les pieds dans ses sabots qui recommencent à racler le sol. Silhouette voûtée, il m'entraîne au jardin sans parler beaucoup. On pourrait avoir l'impression qu'il déprime, mais il est assez fier de sa ferme, de son bac à truites près duquel nous passons, de ses poulaillers et du cochon rose qu'il me présente dans son auge ; une jolie truie adolescente dont le groin humide passe à travers les planches et me souffle des mots tendres. Paul la traite comme une petite reine ; il la fera tuer le mois prochain. Je lui demande comment il va s'y prendre : le boucher s'en chargera, au moyen d'un pistolet.

Nous bavardons un moment. Je rappelle à Paul quelques anecdotes sur mon oncle qui venait déjà visiter son père. Je voudrais prouver que je suis une fille du pays, mais ces histoires semblent moins marquantes pour lui que pour moi ; il hoche la tête, approuve vaguement ; je ne suis pas certaine qu'il se souvienne vraiment de mon oncle. Il préfère me raconter que le renard a tué trois poules. Il en parle comme s'il s'agissait d'un renard particulier, d'un renard qu'il connaît personnellement ; ce renard du roman qui ressurgit d'une ferme à l'autre, d'une époque à l'autre.

Au moment de quitter la ferme, Paul me raccompagne vers le raccourci qui file tout droit au village. Comme nous approchons du grand hêtre planté de l'autre côté de la ferme, j'ai la surprise de découvrir un réverbère du même modèle que le mien. Je m'interromps, surprise, choquée que le développement de l'économie ait imposé l'éclairage public jusque dans cette prairie d'altitude. Paul marche vers le pylône et se tourne vers moi, soudain détendu et presque radieux :

— Moi aussi, j'ai mon réverbère !

Il le touche de sa main droite et semble le flatter comme un animal tandis que je demande timidement :

— C'est… c'est la mairie qui vous l'a installé ?

— Bien sûr ! Quand j'ai su qu'ils amélioraient l'éclairage, en bas, je suis descendu voir le maire, lui expliquer que j'étais un citoyen comme les autres et que les habitants du haut de la commune ne devaient pas être défavorisés !

Mardi 20

Jean-Bertrand est venu m'accueillir dans le hall du « 34 » (les habitués désignent ainsi familièrement le 34, rue du Commandant-Mouchotte, siège de la SNCF, édifié au-dessus des voies de la gare Montparnasse). Les architectes d'aujourd'hui adorent les édifices transparents : la pyramide du Louvre, l'Institut du Monde arabe, l'hôpital Pompidou, le siège de France Télévision… La SNCF est l'un de ces immenses bateaux vitrés dont la légèreté semble vouloir trancher sur la lourdeur des rails en acier, la charge terrienne des wagons de marchandises, le poids humain des cent quatre-vingt mille salariés. Mais je ne suis pas venue pour dénigrer cette entreprise, ni pour m'accrocher à une idée vieillotte du « service public » ; je vais rencontrer quelques responsables du groupe et leur offrir mon expertise en matière de communication. Secrètement, mes penchants d'utilisatrice me rapprocheraient plutôt des syndicalistes hargneux qui se mettent en grève, paralysent le réseau et sont, paraît-il, coupables de toutes les difficultés ; mais ma carrière de femme moderne s'accommode de la transparence du 34. J'apprécie le ton détendu de Jean-Bertrand qui me pilote le long des couloirs, vers l'une des réunions où se discute l'avenir de l'entreprise.

Ils sont une dizaine assis autour de la table équipée de micros, de terminaux d'ordinateurs. La plupart portent une cravate, mais le choix des lunettes montre une part de fantaisie qui les distingue des ingénieurs d'autrefois ; trois femmes sont également présentes. La réunion d'aujourd'hui porte sur le transport des marchandises. Jean-Bertrand m'a proposé d'y assister, car nos projets exigent que je saisisse dans quel état d'esprit la SNCF aborde son développement et son avenir. Tout ce que j'entends conservera un caractère confidentiel.

D'emblée, plusieurs interventions résument les

données du problème : malgré les déclarations des gouvernements et les programmes de l'administration européenne, le fret ferroviaire se porte mal. Le choix des entreprises se porte massivement sur la route. Si je comprends bien, la comparaison est simple : le cheminot travaille en moyenne mille cinq cents heures par an ; le camionneur, plus de deux mille heures pour un salaire inférieur de 30 %. *L'avenir est donc au transport routier.*

Je songe que, trente ans plus tôt, la conclusion strictement inverse se serait imposée : « L'avenir est donc au transport ferroviaire. » On annonçait l'avènement d'une « société des loisirs » où chacun travaillerait moins et vivrait mieux. Tout cela est fini, mais nul ne s'étonne du changement de perspective. Un cadre d'une trentaine d'années, portant des lunettes d'écaille, prend la parole pour rappeler les conclusions d'une étude récente :

– Aujourd'hui, la « libre circulation des marchandises », principe fondateur de l'Union européenne, est assurée par les poids lourds qui sillonnent les autoroutes et assurent le transport de porte à porte, bien mieux que le réseau ferré, soumis à des règles et à des contraintes embarrassantes. L'équipement des petites gares est en pleine décomposition, quand les lignes ne sont pas déjà fermées. Dans la perspective d'un assainissement financier, la logique voudrait qu'on se débarrasse purement et simplement d'une activité inutilement coûteuse, propre à décourager de futurs actionnaires.

Stabilisation .

Le mot est lâché. Un ancien de la maison (si j'en crois sa coupe stricte et ses cheveux gris) rappelle que l'heure n'est pas à la privatisation, même si l'ouverture à la concurrence est programmée. D'après lui, tout relâchement des activités « fret » de la SNCF laissera une porte ouverte par où d'autres s'engouffreront, car Bruxelles encourage cette activité – même à perte. L'entreprise ferait mieux de moderniser ses installations.

Le jeune loup insiste :

– L'Europe a vingt ans de retard sur les États-Unis, mais nous n'échapperons pas à la même évolution : la déréglementation des transports, l'exigence de souplesse confèrent un avantage incontestable et définitif à la route.

Son contradicteur rétorque que l'Europe n'est pas l'Amérique, que la multiplication des poids lourds a des conséquences sur l'environnement. Les exigences écologiques pourraient remettre en selle le transport ferroviaire – au moins sous forme de combiné rail-route. Lunettes-d'écaille n'est pas d'accord :

– Même dans le cas du « transport combiné », le transfert des marchandises du camion au train, puis du train au camion, représente une complication inutile, quand l'exigence est d'aller plus vite à un coût plus bas. D'ailleurs, on le sait bien : un doublement du fret ferroviaire serait quasiment sans incidence sur le trafic routier et la production de gaz à effet de serre.

Les mots passent d'un bout à l'autre de la table. Les vertueuses exigences affirmées d'un côté (« protection de l'environnement », « combiné rail-route ») semblent des chimères, écartées d'un revers de main par l'homme aux lunettes d'écaille qui martèle le pur dogme de l'économie nouvelle, veut faire preuve de courage et d'audace contre la ringardise, abattre sans pitié les secteurs peu rentables, augmenter le profit, travailler pour des actionnaires à venir. Je me demande un instant au nom de qui il parle, quelle décision officielle doit faire de ces obsessions la doxa de l'entreprise publique… puis je me laisse porter vers des découvertes plus étranges :

– De toute façon, précise une petite blonde à lunettes, lisse comme une poupée de porcelaine, ce débat est dépassé. Je n'ai pas besoin de vous rappeler que la SNCF investit *elle-même* dans le transport routier à travers sa filiale Calberson. Avec vingt-deux mille salariés dans le monde, nous sommes – si j'ose dire – un « poids lourd » dans ce domaine… Il ne faut donc pas penser en termes de « rail », mais en termes de chiffre d'affaires. Si les camions représentent l'avenir, alors nous investirons davantage dans la route !

– Ce qui rejoint nos options en matière de trafic voyageurs, approuve un quinquagénaire osseux, soucieux de la cohérence des projets. Comme vous le savez, la SNCF n'est plus une compagnie de transports publics, mais une *entreprise de voyages.*

Nous vendons des prestations, des combinaisons train-avion, des locations de voitures, des réservations d'hôtel, et il serait logique d'adopter le même discours pour les marchandises : nous ne sommes pas une compagnie de fret ferroviaire, mais une entreprise de transports.

Jean-Bertrand Galuchon me regarde en souriant. Il semble satisfait de montrer son entreprise animée par de vrais débats, auxquels son regard m'invite à prendre part. En principe, je suis venue en spectatrice ; je n'ai rien à dire dans cette réunion technique. Pourtant, formulé avec suffisamment de tact, mon avis fera l'effet d'une remarque utile et concrète. Je connais cette façon de me faire apprécier : troubler le consensus, dire ce que personne n'ose dire, ajouter du contenu au débat avant de me rallier à l'avis général. D'un signe discret, j'indique à Jean-Bertrand que j'aimerais prendre la parole. Profitant d'un silence, il annonce à ses collègues :

– Je ne vous ai pas présenté Florence : une grande dame des relations publiques. Son carnet d'adresses est inestimable ! Nous avons des projets ensemble, et je crois qu'elle aimerait dire un mot.

Je suis allée chez le coiffeur ce matin. Au milieu de ces cadres, je me sens très femme d'action. Un brin excitée, j'arbore un sourire sympathique avant de me lancer :

– Oui, tout simplement… Pardonnez-moi d'intervenir dans ce débat d'experts où je n'ai aucune compétence mais, si vos options semblent parfaite-

demande.

ment logiques en termes financiers, la communication a d'autres exigences. Les usagers de la SNCF,
les citoyens sont sensibles aux questions d'environnement, ils sont attachés à l'idée du transport
par rail ; et c'est aussi l'intérêt d'une grande entreprise comme la vôtre que de marquer son engage-
ment pour des causes aussi nobles et – en un sens
– très *modernes* !

Le dernier mot leur plaît. J'en profite pour passer au témoignage personnel :

– Moi-même, je passe mes week-ends dans l'Est
de la France, dans un charmant village en passe
d'être saccagé par le passage continuel des poids
lourds, aggravé par la fermeture d'une ligne de
fret SNCF. Et je peux vous dire que, là-bas, des
gens souffrent de cette situation...

Je me suis exprimée avec une sincérité stimulée
par mes propres sentiments. Pourtant, je suis en
train de mentir. Les gens de ma commune et des
environs ne souffrent pas du tout. Au contraire, ils
se réjouissent de l'élargissement annoncé de cette
route. Je parle pour moi-même, pour moi seule,
mais j'ai tapé dans le mille, si j'en crois les sourires
de ces cadres soudain intéressés, amicaux, atten-
tifs. Ma réflexion leur paraît judicieuse. Le jeune
responsable aux lunettes d'écaille réfléchit un instant avant de répondre :

– Vous soulevez une question importante. Même
si notre trafic fret devient symbolique, c'est un
symbole qui compte. Cela, c'est votre rôle. Une

gestion rigoureuse nous oblige à diminuer nos activités dans le secteur marchandises ; ce qui ne nous empêche pas de concevoir des actions emblématiques qui nous montreront comme les meilleurs garants de la protection de la nature : on peut imaginer des concours, des films, une campagne positive sur le train.

Il a parlé de mon « rôle ». Je suis satisfaite. L'homme qui comparait, tout à l'heure, la SNCF à une agence de voyages reprend la parole, toujours soucieux de cohérence :

— Disons qu'il en va du fret comme du trafic voyageurs. D'un côté, nous concentrons notre activité sur quelques grandes lignes à forte valeur ajoutée. De l'autre, nous affichons notre solidarité — au moins dans le discours — avec les régions qui doivent financer la maintenance des lignes secondaires. C'est notre façon d'être sur le terrain…

— Et de nous afficher comme garants du protocole de Kyoto, reprend un autre.

À la fin de la réunion, plusieurs responsables viennent me serrer la main et me félicitent. Ils se réjouissent de me voir chargée du dossier. Au moment de sortir, le petit homme à lunettes d'écaille me demande :

— Dites-moi, quelle est cette ligne de train menacée, près de chez vous ?

Je lui raconte l'histoire du tunnel ferroviaire prochainement fermé, avec des conséquences pour la circulation dans ma vallée. Je me sens vaguement

honteuse, car je sais que certains villageois se réjouissent de cette perspective et que j'agis contre
eux. Malgré le conflit qui nous oppose, j'ai le
sentiment de les trahir, d'abuser de mes relations.

Jeudi 22

En début de soirée, j'ai retrouvé Jean-Bertrand
pour boire une coupe de champagne dans un café
de Montparnasse. Comme il me l'a aussitôt confirmé, mon intervention d'hier a fait bonne impression ; le contrat est « sur les rails ». Il devrait
permettre à l'agence de rouler confortablement
jusqu'à la fin de l'année prochaine. Stimulée par
cet oxygène, j'ai raccompagné mon nouvel ami
sur le boulevard et nous avons décidé de dîner ensemble, à La Closerie des Lilas. Jean-Bertrand m'a
remerciée d'avoir mis en évidence la difficulté de
son travail : trouver un équilibre fragile entre la
réalité économique de l'entreprise et son image.
Ayant dit ces mots, il a précisé en riant :
— Vue sous cet angle, la communication est un
jeu parfois cynique.
J'ai répondu avec ferveur :
— Ce n'est pas du cynisme. Disons plutôt : les
contradictions de l'âge adulte. On croit à des valeurs ; on peut même s'en réclamer... tout en sa-
chant que la réalité n'est pas si simple.

– Vous avez un sacré don de justification.

– Disons plutôt que j'essaie de tout synthétiser : mon métier de communicante, vos exigences financières, sans oublier mes petits cauchemars de cliente de la SNCF !

J'aurais pu trouver d'autres arguments avec la même sincérité. Il me fallait plaire à cet homme parce qu'il représentait une entreprise de 15 milliards d'euros. J'étais donc capable de me montrer enjouée, complice, amicale, paradoxale, uniquement pour atteindre mon but ; et je donnais à ce jeu une apparence chaleureuse, soulignant le plaisir d'être ensemble et de parler librement. Tout cela pour, bientôt, me retirer tranquillement dans ma petite maison, fendre mes bûchettes et méditer au coin du feu en touchant les dividendes d'une rente astucieusement placée. Je voulais bien apporter mon concours au démantèlement de la SNCF, lui imprimer une touche d'humanisme pour gagner enfin cette somme rondelette et disparaître dans ma campagne – elle-même saccagée par le démantèlement de la SNCF auquel j'aurais contribué. D'un côté mes affaires, de l'autre mes rêveries, et cette énergie qui virevoltait d'une illusion à l'autre.

Mon agence, au début, se consacrait plutôt aux films d'avant-garde, aux concerts de rock. On organisait des soirées underground un peu chic. Progressivement, cette spécialité artistique nous a fait remarquer par une nouvelle clientèle. Dans les années quatre-vingt, commerçants et chefs d'entreprise commençaient à rêver de rejoindre la grande famille du show-business. Le côté bohème de l'agence assurait sa réputation, et notre champ d'activité s'est élargi. Des soirées d'avant-garde nous avons glissé vers les soirées branchées, puis vers les soirées de mode, puis vers les séminaires d'entreprise qui constituent désormais une bonne part de notre activité. Certains jours pourtant, quelques remontées d'ivresse parisienne me persuadent d'accomplir les plaisirs dont je rêvais à vingt ans : de n'avoir pas d'horaires, d'être vaguement connue, de fréquenter des gens passionnants et des endroits sélects, avant de rejoindre mes prairies, dans un équilibre existentiel idéal.

Tandis que ces pensées me traversaient l'esprit, Jean-Bertrand m'a prise par l'épaule. Un instant j'ai failli me raidir… Heureusement, son geste restait assez léger pour autoriser une interprétation amicale, liée à l'agrément de dîner ensemble après une bonne négociation. Gardant ma bonne humeur, je me suis dégagée pour passer la porte à tambour et entrer au son du piano dans l'établissement bondé où j'ai salué quelques visages de connaissance.

Tandis que nous attendions notre table, Jean-Bertrand s'est approché d'un grand brun ténébreux qui prenait un verre au bar ; un vrai beau gosse de trente ans auquel on devinait que tout avait réussi : un bac scientifique avec mention bien, des études commerciales en Amérique, un premier poste de directeur financier… La bonne éducation et la bonne santé bourgeoises éclataient dans le choix du costume, les chaussures anglaises, la cravate, les joues encore tendres. Jean-Bertrand s'est tourné vers moi pour les présentations :

– Voici Mathieu.

Dans ce genre de famille, pas de Kevin ni de Madisson. Jean-Bertrand poursuivait :

– Mathieu manage une entreprise d'éclairage public : Lumicom, une vraie réussite française… Mathieu, je te présente Florence, une éminence grise du monde *people* qui va nous épauler dans la communication du groupe.

Au début de l'agence, on ne parlait jamais de *people*, mais d'acteurs, de chanteurs, de réalisateurs. Le mot a vu le jour pour désigner une nouvelle catégorie sociale dont la principale fonction est d'être célèbre, en passant régulièrement à la télévision et dans les journaux qui parlent de télévision. Tout en réfléchissant à ce glissement, je trouvais Mathieu terriblement séduisant. Tandis que Jean-Bertrand commandait trois coupes de champagne, j'étais happée par ces yeux sombres, ces lèvres charnues et souriantes qui me dispensaient, d'une voix délicatement masculine, quelques précisions sur Lumicom :

– Nous équipons les routes de campagne, toutes ces zones qui ne disposent pas encore d'éclairage public.

128

Je me suis rappelé la camionnette Lumicom, venue réparer mon réverbère, et la répulsion s'est mêlée à la fascination. Devant moi se tenait mon pire ennemi : un jeune homme bien élevé, beau, énergique, sincère et consciencieux dans son métier. Sa voix chantait à mon oreille. Il ne doutait pas d'apporter au monde un surcroît de modernité, de confort, de sécurité ; depuis le plus jeune âge, il avait appris que l'essor de son entreprise contribuerait au bien commun ; et j'étais certaine qu'il appréciait également le charme des vieux villages. Peut-être même, au début, avait-il trouvé ces implantations de réverbères excessives ; peut-être avait-il jugé un peu *limites* les méthodes de séduction employées auprès des municipalités (cadeaux, avantages en nature…). Son sens de la vertu s'était peu à peu détendu, élargi à des notions plus subtiles, tandis que grimpait la courbe de ses revenus. Jean-Bertrand s'est tourné de nouveau vers nous en précisant :

– Mathieu apporte la lumière dans les trous obscurs… comme cette campagne brumeuse où Florence adore passer ses week-ends. Est-ce qu'au moins ton bled est équipé ?

J'ai souri gentiment, avec cette fausse chaleur qui me va si bien, tandis que mon interlocuteur de la SNCF a cru bon d'ajouter :

– En tout cas, Mathieu, si tu cherches quelqu'un pour mettre en valeur le côté écolo et humain de

entreprise, parle avec Florence. C'est une ex-
p...te.

Samedi 24

Peut-être vivons-nous sous le règne d'une *économie d'escroquerie*. Notre époque a placé en tête de
ses valeurs le culte de l'entreprise, la progression
des courbes et des pourcentages : symboles sacrés
qui permettent de tout exiger, de tout justifier, y
compris l'appauvrissement d'un très grand nombre. Dans ce monde accroché à ses graphiques,
le dynamisme économique peut se traduire par la
détresse de ceux qui perdent leur travail, voient
fondre leurs revenus et leurs avantages sociaux
afin de garantir la « bonne santé des entreprises ».
Transformé en service d'assistance aux plus démunis, le vieil État social-démocrate doit lui-même
procéder à la réforme de ses administrations, en y
insufflant l'esprit de concurrence et la notion de
rentabilité. Les hommes d'affaires vont chercher plus
loin une main-d'œuvre servile et meilleur marché ;
et si les gens osent se plaindre de ce qu'ils perdent,
on les accuse d'égoïsme face à des peuples encore
plus pauvres, dont il faut partager la précarité.
Pour le reste, l'agitation frénétique de l'économie
constitue le but qui autorise tous les traitements,
tant que les chiffres progressent et que les escrocs
ne se font pas pincer.

Dans la France des années quatre-vingt-dix, de jeunes fonctionnaires passés par les cabinets ministériels se sont réparti, comme un gâteau, les sociétés en voie de privatisation. Sous la protection de l'État, ils se sont improvisés gestionnaires d'anciennes entreprises publiques désignées soudain comme « archaïques ». Les nouvelles normes du capitalisme mondial ont imposé de leur accorder de juteux dividendes sous forme de stock-options, tout en amorçant le processus des fusions et restructurations qui, pour viser « plus grand », diminuent le nombre d'emplois.

« Derrière chaque grande fortune se cache un grand crime », écrivait Balzac. De ce point de vue, rien n'a changé ; sauf peut-être l'absence de critique de ce capitalisme brutal, devenu naturel et incontestable ; sauf la noblesse que tant de commentateurs et de responsables politiques accordent désormais au simple fait de s'enrichir. La presse spécialisée brosse le portrait flatteur des nouveaux « hommes de l'année » : bandits des ex-pays soviétiques transformés en chevaliers de l'économie de marché, ministres reconvertis en conseillers des multinationales, milliardaires chinois enrichis par l'exploitation sans limites des ouvriers, dans le plus grand pays communiste du monde. Chacun sort le tapis rouge pour accueillir cette nouvelle classe de notables qui achète des clubs de football et fait exploser les prix dans les stations de ski de la Tarentaise ou les agences immobilières de la Côte d'Azur.

L'économie d'escroquerie envahit nos existences. Sa propagande mensongère annonce un monde meilleur, un regain d'emploi qui ne vient jamais mais qui exige toujours un effort supplémentaire. Elle augmente les revenus des plus riches, tout en invitant les plus modestes à se montrer « réalistes ». Ses offres tapageuses de crédits et d'abonnements variés prennent la forme de *contrats* qui enchaînent le consommateur, sans aucune possibilité de se dégager. Elle prédit des baisses de prix liées à l'harmonieuse concurrence, avant d'aligner – par le haut – les tarifs du gaz ou du téléphone sur ceux de la concurrence. Au nom de l'emploi, elle favorise l'essor des grandes chaînes de distribution, puis réduit le personnel des hypermarchés où chacun doit faire la queue, aux heures creuses comme aux heures pleines. Elle supprime les services en faisant croire qu'elle les renforce. L'autre jour, ma banque annonçait la création d'un *numéro d'appel 24 heures sur 24* : elle venait de supprimer toute possibilité d'appeler directement son agence, au profit d'un unique standard d'employés précaires implanté au Maroc.

Un des traits récurrents de cette évolution est d'appliquer à retardement (« rattraper notre retard ») des habitudes initiées aux États-Unis. Dix fois depuis vingt ans, le système de numérotation téléphonique français s'est vu modifier, pour aboutir à l'actuelle loterie où tout s'achète et se vend, dans la jungle déréglementée des compagnies et des tarifs. Les plus jeunes apprennent à se débrouiller, tandis que les plus âgés peinent à suivre les conseils des bateleurs. L'apparition d'une monnaie unique européenne (au taux et au sigle calqués sur ceux du dollar) a contribué, elle aussi, à effacer toute mémoire, à rendre toute valeur approximative, à dissimuler la poussée sauvage des tarifs sous la baisse officielle de l'inflation – comme si seuls les indicateurs économiques ne discernaient pas cette hausse accélérée du coût de la vie !

À chaque échelon, l'économie d'escroquerie vise la création de besoins inutiles, la réduction des charges, l'augmentation des profits et la mise en scène de tout cela comme un avantage ; elle alourdit le travail de quelques salariés, tandis que les plus démunis vivent d'allocations et que la classe privilégiée alimente un commerce haut de gamme, lui-même surfacturé. Certains hôtels comptent 20 euros de supplément pour servir le petit déjeuner en chambre – le client ayant toujours le choix d'utiliser la salle à manger collective et son buffet américain, moins coûteux en personnel. Chaque geste de l'entreprise a son prix ; mais les nouveaux gagnants aiment montrer leur réussite et l'économie d'escroquerie sait les faire payer. Ses échecs flagrants sont présentés comme des étapes nécessaires de la modernisation, appelant de nouvelles réformes. Ses plus grossiers mensonges passent pour une forme de communication.

Voici précisément la tâche à laquelle on me demande aujourd'hui de contribuer, et voici la tâche que je vais accepter car j'ai besoin d'argent. Le monde a fait de moi cette femme accommodante, pressée d'engranger de quoi assurer ses vieux jours, et cependant torturée par le spectacle des transformations auxquelles il lui faut activement participer.

Lundi 26

Une angoisse m'a étreinte, ce matin, en arrivant gare de l'Est. En apparence, rien n'avait changé. L'immense tableau des soldats de 14-18 était suspendu au-dessus des guichets ; ils embrassaient toujours leurs fiancées, la fleur au fusil. Mais le buffet de la gare, face aux quais, avait subi de nouvelles transformations. Le service des tables y est définitivement supprimé. Qu'on veuille boire une bière ou manger un plat, il faut désormais se rendre au comptoir, passer sa commande, payer, attendre, puis retourner s'asseoir muni de son plateau. Ce n'est pas exactement un self-service ; plutôt un restaurant où le client fait tout lui-même, comme un employé bénévole. Je me suis rappelé cette salle fumante de choucroute et de cigarettes où les garçons valsaient sous leurs plateaux de chopes ; j'en avais presque les larmes aux yeux.

L'honnêteté m'oblige à relever simultanément plusieurs progrès. Le train de grande ligne façon banlieue vient d'être remplacé par un nouveau rapide à réservation obligatoire ; moyennant quoi il est possible de grimper dans un véhicule propre. À l'intérieur, les sièges plus amples sont équipés de prises électriques, très pratiques pour les ordinateurs portables. Ce véhicule intérimaire doit contribuer à changer les habitudes des voyageurs, en attendant l'ouverture de la ligne à grande vitesse où les plus méritants achèteront bientôt leurs billets au prix fort. Sans attendre, j'ai fait l'expérience des nouvelles procédures. Trois contrôleurs sont passés (ils circulent par bandes, pour éviter les agressions). Mon départ étant prévu la veille, je pensais m'acquitter d'une pénalité pour ce changement de dernière minute. En fait, le contrôleur m'a obligée à payer un nouveau billet, celui d'hier étant entièrement perdu. Mes protestations n'y ont rien changé ; l'homme inflexible parlait de rentabilité. Il semblait me faire la morale au nom de son entreprise. Apparemment plus sceptiques, ses deux collègues n'ont pas osé le contredire et il a fini par encaisser son dû.

Il pleuvait sur Châlons-sur-Marne. Depuis 1998, il ne faut plus dire « Châlons-sur-Marne » mais

« Châlons-en-Champagne », ce qui fait moins pauvre à cause du champagne. Ce genre de réforme est supposée rendre leur fierté aux habitants. Vue du train, Châlons n'en reste pas moins la plus sinistre des villes. Après les contrôleurs, trois voyous ont traversé la voiture avec leurs pantalons trop larges, leurs têtes d'adolescents furieux. Ils ont pris à partie un jeune passager isolé pour lui dérober une cigarette, puis deux. Ils prenaient un évident plaisir à le terroriser, sans que nul n'ose intervenir, moi pas plus que les autres. Tirant sur leur pétard, ils semblaient chez eux dans ce monde soumis aux lois de la peur et de l'argent.

Comme pour ébranler mes dernières convictions, l'autorail de Nancy avait pris un coup de fraîcheur, lui aussi. Sur le quai de la correspondance stationnait une voiture tubulaire, légère et brillante, d'un beau gris chromé. Son volume, allongé d'un seul tenant jusqu'au pilote, a été conçu pour garantir la sécurité des passagers et du personnel. Ce genre de train doit succéder aux voitures déclassées grâce au soutien financier du conseil régional ; et je me suis demandé soudain si mes indignations avaient du sens. Pourquoi chercher les signes du déclin dans un simple processus de transformation ? À quoi donc est-ce que je m'attachais ? À la bonne marche du monde ou seulement à ma nostalgie ? Les vrais handicaps de cette compagnie de chemins de fer (de la France, de l'Europe) n'étaient-ils pas plutôt la lourdeur administrative, la raideur des syndicats, et tous les aigris de ma sorte qui déclinent leur lamento ?

Le parfum des sapins m'a saisie sur le quai à l'arrivée. En entrant dans le taxi puis en remontant vers la vallée sous la pluie, j'avais un sentiment de douce régression ; je retournais vers un monde plus stable, moins bouleversé, plus rassurant, qui me rapprochait de mon enfance. Dans l'air de plus en plus frais, les gouttes de pluie se sont transformées en neige fondue. Mon portable a sonné : c'était Jean-Bertrand. La somme dont il a parlé m'a fait du bien. Des deux côtés de la route, une eau blanche recouvrait la terre boueuse. Soudain, à cinq kilomètres du village, les flocons se sont accrochés au sol, aux arbres, aux maisons ; en quelques minutes, la blancheur s'est étendue sur la vallée et nous sommes entrés dans l'hiver.

Nous grimpions sous les sapins alourdis par la neige. J'aurais pu continuer à énumérer la liste des altérations du monde ; mais j'étais surtout heureuse de retrouver cette rue au milieu des fermes où nous avancions de plus en plus lentement, car la neige collait à la chaussée, obligeant le chauffeur à ralentir. Les décorations de Noël devant la mairie m'ont semblé presque jolies, malgré leur vert fluo. Quand le taxi a tourné pour gravir le chemin de la maison, j'ai à peine remarqué les trois containers d'ordures à moitié ensevelis sous la poudre blanche. La voiture a patiné et je suis descendue avec ma valise au bord de la route. Puis le taxi est reparti, j'ai marché droit devant moi et mes pieds se sont enfoncés jusqu'aux chevilles. Au bord de la forêt, le torrent avait repris ses couleurs glacées d'hiver. Arrivée sur la terrasse, j'ai contemplé le hameau dans sa vallée comme le vestige d'un ancien monde à l'aube du recommencement.

Mercredi 28

En fin d'après-midi, j'ai entendu deux coups de klaxon. Au signal, comme un animal bien dressé, j'ai ouvert la porte de la cuisine et dévalé le chemin sous l'averse blanche, de plus en plus serrée. Mes bottes crissaient dans la couche souple et légère. À l'embranchement de la route, la voiture de l'épicier approchait lentement, phares allumés ; elle s'est arrêtée devant moi et le commerçant est sorti. Vêtu de son anorak, il a frotté ses gants l'un contre l'autre avant d'ouvrir le coffre pour me tendre deux grands sacs en plastique contenant la commande que j'avais passée par téléphone. Nous avons échangé quelques mots.

Il n'y a pas si longtemps, il passait avec sa camionnette ambulante, un modèle qui s'ouvrait sur le côté et se transformait, au bord de la route, en magasin d'alimentation : vitrine de viandes, plats cuisinés, charcuterie, fruits et légumes… À chaque arrêt, il quittait la place du conducteur et entrait dans sa boutique où il reprenait la panoplie du vendeur. On échangeait des banalités, sans se presser. Voici trois ans, il a mis sa camionnette au rebut et l'a remplacée par cette voiture frigorifique ; ce qui réduit notre échange de banalités au temps de livraison des marchandises empaquetées.

L'épicier prétend qu'il a dû se conformer à de nouvelles normes européennes. Son commerce ambulant ne correspondait plus aux exigences d'hygiène. J'ai envie de le croire, de pester contre la force destructrice de l'administration ; mais je le soupçonne d'avoir inventé cet argument pour simplifier son existence. Peut-être était-il fatigué de faire le colporteur pour une poignée de veuves à faible rendement, quand la voiture-frigo permet une gestion des stocks plus efficace et plus sûre. On finit par se rendre au confort moderne, au détriment d'une certaine esthétique de l'existence.

Chargée de commissions, j'ai gravi le chemin et tourné sous le grand chêne. À cet endroit précis, le bruit du torrent devient plus présent. J'aime ce changement brusque de sons et de couleurs. En quelques pas, je quitte l'aire civilisée pour entrer dans celle de la montagne ; je ne suis plus au bord de la route, mais dans l'étendue glacée. Soudain, il m'a semblé qu'une voix m'appelait : « Florence, Florence… » J'ai dressé l'oreille ; c'était seulement le sifflement du vent. Quelques pas plus loin, en regardant vers la forêt, j'ai cru apercevoir un homme debout dans la neige. J'ai fermé un instant les yeux ; en les rouvrant, je n'ai rien vu d'autre que la rangée de sapins à la lisière des bois. Le poids de la neige resserrait leurs branches, comme des bras tendus le long du corps à l'entrée du domaine secret.

De retour à la maison, un peu troublée, j'ai rangé les provisions, jeté une bûchette dans la cuisinière à bois, allumé le poste de radio, puis réglé méticuleusement l'antenne afin de capter un débat sur la réforme des hôpitaux psychiatriques qui ne m'aurait pas passionnée en d'autres circonstances. Sauf qu'ici, dans cette cuisine de campagne où j'épluche des pommes de terre et des carottes, je goûte la compagnie grésillante des gens qui parlent, cette présence éloignée du monde qui chuchote à mon oreille. Je ne m'ennuie jamais toute seule, je pourrais passer ainsi des soirées, des semaines, des mois entiers. Jamais je n'arrive au « point de saturation », à ce moment où Paris me manquerait. Mais, si je vivais librement dans cette maison, au bout de combien de temps l'ennui finirait-il par me saisir ? Au bout de combien de temps retournerais-je poser mes yeux sur les carreaux pour me distraire, pour le seul plaisir de regarder quelqu'un arrêter sa voiture et jeter des bouteilles dans le container, sous l'éclairage glorieux du réverbère ?

J'ai reçu hier la visite de Grégory qui passe le Nouvel An au village. Il est entré, rougi par le froid, ses mèches de cheveux noirs nouées comme de petits glaçons. Au coin du feu, nous avons bu un verre d'alcool de framboise et il m'a raconté la surprenante transformation de son père. Contre toute attente, l'éleveur de chèvres du centre agro-touristique, devenu le plus enthousiaste admira-teur des *installations* de son fils, défend aujourd'hui, dans toute la contrée, les principes de l'art abstrait et les concepts qui autorisent à regarder n'importe quel objet comme une œuvre d'art. Disciple tardif de Marcel Duchamp, il n'a pas encore tout assi-milé, mais il y croit et les bûcherons l'écoutent, l'air moqueur.

Avant de repartir, Greg s'est approché de la fe-nêtre et m'a appelée en disant :

– J'ai trouvé un titre pour une nouvelle œuvre : on pourrait appeler ça : *Transformation d'un container à ordures en bloc de glace.*

Je l'ai rejoint près du carreau et le miracle s'est produit sous mes yeux, comme l'autre jour quand il a tiré sur le réverbère.

La neige tombe sur la vallée. Par instants, d'épais-ses bourrasques brouillent entièrement la vue ; puis l'averse s'estompe et le paysage, soudain, s'éclaire dans une lumière en noir et blanc, avec une netteté plus grande que celle du jour... Une couche souple de poudreuse a englouti l'espace propreté. À la forme parallélépipédique des containers en plastique s'est substituée une ondulation modelée par le vent, qui s'étend d'une poubelle à l'autre ; les couleurs bleu, rouge, vert, ont disparu, sauf quelques angles saupoudrés qui émergent de la congère. La neige est plus forte que les ordures ; le ciel est plus fort que l'organisation. Veillant sur la nuit glacée, la lumière du réverbère prend elle-même une teinte douce, comme un éclairage de chandelle. Le chasse-neige se fait attendre ; la circulation est presque impossible pour une heure ou deux. Comme sur un négatif photographique, le clair et l'obscur font ressortir le moindre contraste des maisons, des prairies, des forêts. La vieille magie de l'hiver s'est étendue sur le paysage immobile.

JANVIER

Lundi 2

La neige continue à tout recouvrir. Autour de la maison, les herbes, les arbustes, puis la moindre aspérité du paysage ont disparu sous une courbe de plus en plus douce et régulière. Chaque matin, je prends la pelle pour creuser à nouveau la trace, de ma porte jusqu'au chemin. Les premiers jours, l'exercice m'a paru délicieusement poétique. Au diable les bruyantes machines à déneiger ! Dans ce monde pressé, j'éprouvais un intense plaisir à résoudre de mes propres mains ce problème matériel, bien plus concret que les cours de la Bourse (ce qui ne m'empêche pas d'aller régulièrement sur Internet vérifier l'évolution de mon petit capital). La seule question urgente était de creuser, dans la couche toujours plus profonde, ce sentier d'une cinquantaine de mètres ; entreprise passionnante qui me ramenait aux conditions de vie primitives, l'angoisse en moins (car il suffit, quand je prends froid, de rentrer dans la maison où le chauffage électrique marche parfaitement).

Le troisième jour, j'ai commencé à souffrir du dos et le maniement de la pelle est devenu pénible. Chaque nuit, la neige soufflée par le vent comblait la trace creusée la veille ; il fallait recommencer, et la neige montait encore pour atteindre cinquante, puis soixante centimètres. Épuisée, j'ai fini par téléphoner à Joël, le garde forestier, qui est venu avec une souffleuse rapide et bruyante déblayer un large passage assuré de tenir quelques jours.

Le soir, devant la cheminée, je pratique l'exercice de la raison. Vais-je passer le reste de mon existence à m'affliger des changements du monde ? Vais-je, semaine après semaine, épingler chaque détail de la mutation en cours comme une détective hargneuse ? Vais-je éternellement regretter les trains d'avant-guerre ? Vais-je me transformer en Notre-Dame des chemins de fer, luttant contre la dégradation des transports publics ? Vais-je indéfiniment déplorer les bouleversements qui m'éloignent d'un paradis perdu ? Le mouvement qui me désole est tellement avancé, radical, acquis, incontestable, que ma posture confine au ridicule. Je me rappelle ce récent voyage en Chine où j'ai vu avec quelle violence l'entreprise de rénovation générale peut s'abattre sur le monde, détruire les vestiges de Pékin pour édifier des tours hideuses et gigantesques, des centres commerciaux déprimants, des autoroutes à douze voies, clinquants pastiches

146

d'une Amérique imaginaire qui pousse partout, n'importe comment, afin de générer des profits, en effaçant tout souvenir du monde précédent. Ce qu'on appelle chez nous le « miracle chinois » m'a fait l'impression d'un gigantesque cauchemar.

À mon retour en France, j'ai même eu l'impression, pour la première fois, d'habiter un pays extraordinairement préservé. Malgré un siècle de guerres et d'urbanisme sauvage, l'ancienne Europe a sauvé quelques apparences. Les transformations y paraissent plus lentes et mieux contrôlées. Moi qui n'y voyais que signes de dégradation (villages banlieuisés, villes muséifiées, routes et parkings étendant leur toile morbide), j'étais frappée à mon retour de Pékin par cette belle harmonie qui subsiste dans les paysages de campagne et dans certains quartiers urbains. Au cœur de Paris, marchant d'un pont à l'autre, m'égarant dans des passages couverts entre les boulevards, je découvrais les avantages d'un compromis raisonnable entre les impératifs de l'économie moderne et la conscience de l'Histoire. Un ensemble de lois et de règles permet ici de freiner toute transformation trop brutale ; et le même sens de la mesure protège mon hameau où chacun, malgré l'ardeur modernisatrice, reste attaché à l'allure générale d'un village de montagne.

Dans cette perspective, l'implantation du réverbère au bord de la route marque une altération supportable, une concession tolérable aux lois de la circulation. J'aurais préféré conserver ce paysage intact, tel qu'il résonne en moi depuis l'enfance. Mais je m'interroge aussi sur cette hantise de la fuite du temps, ce besoin de me rattacher à un monde perdu qui n'avait rien d'idéal. Incontestablement, les trois containers de tri sélectif implantés sous ma fenêtre sont *laids*. Mais ma raison social-démocrate peut regarder cet acte inesthétique comme une solution provisoire à un problème sérieux ; une contribution à la protection de l'environnement adaptée aux moyens locaux ; une première étape qu'il faudra raffiner en édifiant, par exemple, une palissade en bois autour des poubelles. Pourquoi aurais-je, seule, raison contre tous ? Contre les villageois qui aiment s'échapper de leur maison, traverser les forêts en 4 × 4, apercevoir une biche près du col, puis stationner au parking du supermarché où l'on trouve un choix d'articles inconnus dans leurs épiceries de campagne ? Leurs parents vivaient dans la honte et la misère. En deux générations, ils ont découvert les vacances, les voyages, la télévision, les hamburgers. Le monde, à mes yeux, a perdu sa magie ; pour eux, il s'est étendu, ouvert à des perspectives insoupçonnées, comme cette lumière glauque que Paul admirait l'autre jour au pied de son réverbère.

Et si, vraiment, je ne supporte pas l'éclairage public, je peux encore m'asseoir de l'autre côté de la maison. Il me suffit de changer de pièce pour changer l'orientation de ma vie. Mieux vaut agir ainsi que m'emporter seule, vouloir imposer la loi de mes convenances, transformer mes agacements en théorie de l'époque.

Je n'ai même pas besoin du paysage pour rêver. Chaque fois que je me sens seule, angoissée, dépressive, je peux me remémorer ces moments très doux, quand j'étais une fillette de sept ou huit ans passant les vacances dans cette maison. Le tourisme n'existait pas encore ici, sauf pour quelques familles d'habitués comme la nôtre. La route était étroite ; les poules couraient autour des fermes ; les enfants fréquentaient l'école communale avec sa dizaine d'élèves et sa classe unique ; au mois de juillet, je les rejoignais pour les foins. Le rythme de cette vallée nous rattachait à la nuit des temps, jusqu'aux premiers défricheurs ; rien n'avait changé depuis le *Roman de Renart* dans cette façon de vivre sous les granges, au bord des rivières, sur les prés où se croisaient des libellules et des papillons. Aujourd'hui, les mêmes champs sont devenus jaunâtres et les papillons moins nombreux, à ce qu'il me semble. J'ai dû connaître la fin d'un monde ; mais peut-être que chacun croit connaître la fin d'un monde ; peut-être suffit-il de passer quarante ans pour commencer à regarder derrière soi parce que, dans la balance, le poids de ce qui a disparu devient plus lourd. Et si les gens de vingt ans préfèrent l'avenir, c'est peut-être parce qu'ils croient davantage à *leur* avenir.

Je ne connais pas de voyage plus réconfortant que ce retour vers l'enfance. J'y vais chaque fois que la vie me paraît effrayante, quand je me réveille en sueur, harcelée par les idées noires. Il suffit de me rappeler ces promenades dans la voiture du vieil oncle joyeux qui m'emmenait sur les cols, qui s'arrêtait pour boire un demi au bord d'un lac puis reprenait la route avec sa vieille guimbarde par des chemins cahoteux, jusqu'à la ferme de Paul, dans la clairière qui domine la vallée. On s'asseyait autour d'une table à l'ombre du frêne. Le vieux père de Paul sortait une bouteille de vin et, pour moi, un Orangina. Ils évoquaient leurs souvenirs de guerre, quand mon oncle avait quitté Paris et pris le maquis dans cette région. La conversation avait un ton légendaire.

J'étais cette gamine assise au milieu des hommes. L'air tremblait légèrement. Sur la droite, en direction de l'ouest, les versants couverts de sapins se répondaient en lignes obliques, jusqu'au flou de l'horizon. J'écoutais la fontaine couler dans la remise, à l'entrée de l'étable. Le temps semblait suspendu sur la montagne parfumée de fleurs et de foins fraîchement coupés. Les poules heureuses accomplissaient sans se lasser le tour de la maison, à la recherche de vers de terre. Et chaque fois qu'elles resurgissent, ces images raniment en moi l'idée première du bonheur, différente de tout ce que j'ai appris ensuite, mais indestructible au fond de ma conscience. Dans cet enchantement, les paysages s'étendent à l'infini, les grandes personnes ont des voix éraillées, des gueules cassées, des personnalités imposantes pour évoquer lentement des sujets qui les concernent. Ce sont des souvenirs aux allures de contes, rythmés par le bruit traînant des sabots, dans un décor de terre et de bois où les animaux vivent près des hommes, les vaches dans leur étable, les lapins dans leur clapier, tout près de la grande forêt où se cachent des nains et des elfes.

Voilà comment s'est forgée mon idée du bonheur ; voilà comment je la retrouve, par fragments, quand la neige tombe devant ma fenêtre, voltige en tous sens avec des mouvements incertains. J'appuie mes yeux sur les carreaux glacés et l'averse se fait dense comme un blizzard ; elle engloutit complètement le paysage. Le monde n'est plus que ce rideau opaque et froid de gros flocons.

Mercredi 4

Le maire a téléphoné pour passer me voir ; il semblait embarrassé et j'ai supposé qu'il voulait mettre les choses au clair, justifier le choix de cet emplacement pour les ordures. De mon côté, surmontant la fureur des premiers jours, je désirais me montrer pragmatique. Un dialogue franc constituerait la meilleure issue : je devais, sans hystérie, expliquer ma façon de voir les choses et la confronter à celle des villageois pour aboutir à une synthèse : par exemple, la plantation de quelques arbres permettrait de dissimuler l'espace propreté et atténuerait la tache de lumière du réverbère sur ma maison.

Il est arrivé à l'heure du café, svelte et dégingandé, dans son anorak de marque et ses bottines fourrées de campagnard enrichi. Il a admiré ma collection de faïences, sur le buffet, puis un tableau de Grégory accroché à l'autre bout du salon ; un paysage de neige tout rouge :

— Intéressant ! a-t-il admis, tel un esprit progressiste, tolérant pour l'art moderne, avant de se retourner vers moi en fronçant le nez : Tout le monde pense que c'est lui, pour le réverbère !

J'ai fait mon innocente :

— De quoi parlez-vous ?

— Vous savez bien, le réverbère cassé en bas du chemin, il y a quinze jours… C'est réparé, n'en parlons plus. Mais méfiez-vous de Grégory. C'est un raté ; les gens d'ici le trouvent prétentieux, méprisant.

— Évidemment, il parle rarement de voitures, d'antennes paraboliques, de parkings, de tronçonneuses ; voilà ce qui doit paraître bizarre et prétentieux !

Sans rien dire, le maire s'est approché de la fenêtre. Comme pour me prouver qu'il n'est pas une brute, il a regardé l'espace propreté en murmurant :

— Je reconnais que, vu d'ici, ce n'est pas très joli. Mais… comment dire… j'ai dû céder à la pression populaire.

Pour me montrer conciliante, je l'ai assuré que je comprenais la nécessité d'implanter un point de tri sélectif ; il semblait vouloir s'excuser :

– En fait, j'avais proposé d'autres emplacements. Rien à faire : chaque fois, une partie du conseil municipal insistait en disant : « À l'entrée du village, ce sera très bien. Y a personne qu'habite par là. » Et quand je rappelais : « Il y a tout de même Florence », ils rétorquaient : « Bah, c'est une Parisienne, elle a l'habitude. »

Cette information ne m'a surprise qu'à moitié. Elle correspond à ce que j'ai entendu au bistrot. De toute façon, le maire avait prévu une solution :

– Je vais faire planter une haie de sapins qui rendra l'installation plus discrète ; ce n'est pas si compliqué.

Il devançait ma demande. Me sentant presque victorieuse, je n'ai pu m'empêcher de préciser :

– Rappelez-leur que, même à Paris, on n'installe pas des poubelles n'importe où.

Persuadée d'avoir gagné la partie, j'ai alors constaté que le maire, loin de se détendre, se crispait de plus en plus. Dans le silence qui a suivi, j'ai compris qu'il retenait ses mots. Je l'ai regardé fixement :

– Vous vouliez me dire autre chose ?

Il a avalé sa salive avant de reprendre :

– Eh bien, en fait, c'est un peu délicat. Vous allez croire qu'on s'acharne, mais…

Ma respiration s'est bloquée. De quel mauvais coup s'agissait-il encore ? Inquiète, j'ai attendu qu'il se lance :

— Vous savez que la SNCF a décidé de fermer la liaison fret qui passe par le tunnel des Mines…

L'énoncé de ces quatre syllabes — S.N.C.F. — a soulevé dans mon esprit un mélange d'inquiétude (je sais de quoi cette société d'État est capable, sous la houlette de hauts fonctionnaires jouant les entrepreneurs) et de soulagement (j'ai l'impression exagérée que mes relations me donnent désormais une certaine influence, pour tout ce qui concerne les chemins de fer). J'ai laissé le maire poursuivre son explication :

— Ils invoquent des problèmes de sécurité pour supprimer cette ligne dont l'activité est déficitaire. Vous voyez les conséquences !

— Oui, vous m'avez déjà prévenue que le trafic allait augmenter. C'était même la raison de l'implantation du réverbère.

Depuis cette première conversation, j'attendais avec inquiétude l'arrivée d'une cohorte de poids lourds engorgeant la vallée, pour véhiculer des cargaisons transportées hier encore par le train. Je m'apprêtais à découvrir concrètement cette évolution qui se traduit dans les journaux par des titres clinquants tels que « Priorité au développement du fret ferroviaire », « Nouvelles mesures pour éviter l'engorgement du transport routier », ou encore « Le gouvernement lance un plan "rail", approuvé

154

par les organisations écologistes ». Dans la réalité, cela correspond toujours à la suppression de nouvelles lignes, à l'augmentation du nombre de camions, à une pollution accrue. Comme pour conjurer la catastrophe, je préférais relativiser la menace sur notre vallée.

— En fait, je doute que les routiers se précipitent sur cette route perdue ; ils ont des chemins plus directs.

Je me voulais rassurante ; le maire m'a dévisagée avec une certaine autorité pour répliquer d'une voix de chef d'entreprise, responsable de l'avenir collectif :

— Au contraire, je pense qu'on va bénéficier d'une bonne partie du trafic et c'est excellent pour la commune. On vient de faire une demande à la direction de l'Équipement pour être classés en itinéraire prioritaire. Je suis sur le point d'obtenir l'élargissement de la départementale.

Une mauvaise grimace d'entrepreneur lui tordait le visage. L'espace d'un instant, j'avais oublié que toute mauvaise nouvelle pour moi était pour lui une aubaine :

— Ce sera bon pour les commerces, bon pour la réputation de la commune...

Il semblait ajouter silencieusement : « Bon pour mon entreprise de mécanique, au bord de la route. »

J'avais mis des années à le comprendre : le maire et ses concitoyens étaient sincèrement fiers de leur village. Seulement, nous ne regardions pas la beauté avec les mêmes yeux. Mon idée de la campagne datait d'un autre temps ; je continuais à chercher l'extase bucolique auprès de braves paysans qui n'existaient plus ; j'aimais les animaux domestiques qui n'existaient pas davantage, les travaux des champs qui avaient disparu eux aussi, et je me consolais en rêvant au bord des ruisseaux. Les arrière-petits-enfants des braves paysans se faisaient de leur vallée une tout autre idée. Ils voulaient un décor pittoresque mais propre et bien goudronné ; ils adoraient les véhicules tout-terrain et montraient leur compréhension pour les motards qui viennent respirer à cent à l'heure la sauvagerie des forêts, s'arrêtent sur des aires de restauration rapide, contemplent ce paysage grandiose avant d'aller tuer quelques monstres sur une console vidéo, puis s'endorment en zappant sur une centaine de chaînes thématiques.

Si le maire obtenait ce qu'il m'annonçait, les conditions de vie dans la vallée allaient se dégrader jusqu'à l'horreur. Je me voyais déjà intervenir auprès des pontes de la SNCF pour les conjurer de sauver cette ligne de fret ; mais que vaudrait ma voix face à tant d'intérêts économiques ? C'est alors que le premier magistrat de la commune décocha le coup de grâce :

– Il faut qu'on prenne les devants, qu'on s'adapte, qu'on montre notre bonne volonté pour obtenir le label « itinéraire prioritaire ». C'est pourquoi j'ai fait réaliser une étude…

Encore un mot qui me terrorise. En économie d'escroquerie, l'activité principale des *bureaux d'étude* consiste à justifier les travaux décidés par leurs clients – ce qui me fut aussitôt confirmé :

– L'une des conclusions, c'est que nous manquons d'un moyen de régulation de la circulation digne d'une commune moderne.

Ce langage stéréotypé laissait craindre le pire qui arriva :

– C'est pourquoi nous avons décidé d'installer à chaque extrémité du village un *rond-point*...

Le mot était tombé. Autrefois, les petites villes voulaient des feux rouges pour montrer qu'elles n'étaient pas si minuscules. Aujourd'hui, n'importe quel bled d'arrière-pays aménage des *ronds-points* pour marquer son adhésion à la banlieue mondiale, rejoindre la grande piste de circulation sécurisée qui doit relier les agglomérations et enlaidir le moindre bout de campagne. En vingt ans, les ronds-points ont essaimé à tous les carrefours et stimulé l'essor d'une fiévreuse esthétique périurbaine. Car au centre du rond, il y a ce point, cet espace vide qu'il faut décorer de diverses façons : par des gazons, des parterres fleuris, des enseignes publicitaires ou des sculptures artistiques. Les créateurs de ronds-points ont ainsi apporté leur note à la transformation du paysage. Avec ses autoroutes et ses échangeurs, la civilisation automobile se voulait grandiose ; avec ses ronds-points, elle entend se faire coquette, charmante, humaine, et in-

fliger partout son inépuisable leçon de mauvais
goût.

Les mots du maire tombaient l'un après l'autre
dans mes oreilles hébétées :

— Évidemment, après le réverbère et l'espace propreté, la solution qui s'impose est d'achever l'aménagement complet du carrefour… Mais, je vous
assure, ce sera joli.

Sur une route à quatre voies du Sud de la France,
dans une région côtière défigurée par le tourisme
de masse, je me rappelle avoir vu un jour plusieurs familles de campeurs installées sur le gazon,
au beau milieu d'un rond-point. Je suppose que
cet emplacement les rassurait. Le passage continuel des automobiles maintenait autour d'eux une
présence humaine. Ce cercle de pelouse desséchée
en plein soleil, exposé à la fumée des pots d'échap-
pement, était comme une forme ultime de nature.
Installés dans leur hôtel en plein air, les vacanciers
déjeunaient, dormaient, accrochaient leur linge entre deux arbres, parmi les autos qui tournoyaient ;
et ces créatures paraissaient mieux adaptées que moi
au monde circulatoire où nous vivons.

Le maire me regardait dans les yeux avec son
sourire gêné. Il savait quel cauchemar représentait
pour moi ce nouveau projet ; et je comprenais maintenant que le réverbère et la déchetterie n'étaient que
les étapes d'un plan prémédité ; une machination
qu'on avait choisi de me révéler progressivement
pour éviter le conflit ouvert… Il était clair aussi

que je ne pesais pas lourd en regard des priorités :
le développement, la mise aux normes de la commune, les flux d'argent public, privé, officiel, occulte, que recouvraient ces travaux. Quelle importance pouvait avoir mon confort face au jeu d'entreprises qui se désignaient comme les moteurs du bien public et dont l'activité reposait sur la corruption mentale des élus, des automobilistes, des citoyens ? Que pesais-je face à la truanderie d'un système où toute forme d'activité dégageant des flux financiers se voit auréolée de vertu, quand bien même elle ne génère que chômage et pauvreté ? Que signifiait ma résistance à cette situation alors que je dépendais moi-même d'une entreprise qui, d'un côté, contribuait au désastre accéléré du monde, de l'autre s'apprêtait à me rémunérer pour assurer la « communication » positive de ses activités ? Ce trop lourd faisceau de contradictions a fini par annihiler ma combativité. Abasourdie, je me suis contentée de prononcer sur un ton las :

– Bah oui, je comprends, ça manquait vraiment...

Le maire a paru rassuré. Soulagé par ces mots, il a redressé joyeusement la tête :

– Vraiment ? Ça me fait plaisir ! On n'échappe pas au progrès, vous en convenez ! Mais on va faire quelque chose de bien, en installant sur ce rond-point un décor qui évoquera le village ; j'ai pensé à une roue à eau ; ce serait joli, vu d'ici.

Je sentais dans ma tête un grand vide, quand

159

m'est venue à la bouche cette question laissée en suspens :

– Au fait, vous ne m'avez pas dit… Un rond-point, normalement, c'est fait pour desservir plusieurs routes. Or il n'y en a qu'une seule, en bas de chez moi.

Le maire avait réfléchi à cette question. Sa réponse est tombée sans hésitation :

– Il pourrait y en avoir d'autres. Si vraiment les camions affluent, on songe à un itinéraire de contournement. Et puis, regardez : rien que ce chemin qui grimpe ici, vous serez bien contente de pouvoir le prendre avec votre taxi sans risque d'accident, quand un véhicule déboule en sens inverse, à toute allure.

Comprenant à quelle mort affreuse j'avais échappé des centaines de fois en arrivant chez moi, il ne me restait plus qu'à le remercier. La lutte était inégale et j'ai poussé la politesse jusqu'à raccompagner le maire vers sa Jeep, sous la neige qui recommençait à tomber. Comme nous passions derrière la maison, il a pris une longue respiration pour contempler ce défilé rocheux, tout givré, où coule le torrent. J'ai compris qu'il cherchait à me faire plaisir en appréciant ce renfoncement de la montagne préservé de la route, du réverbère, des poubelles et bientôt du sens giratoire. Emmitouflé dans sa veste de golf constellée de flocons, il s'est exclamé :

– Ah, le beau petit vallon sauvage… Celui-là, je vous jure qu'on n'y touchera jamais !

Je le sentais sincère. Il aimait cette contrée d'une façon plus réaliste que la mienne, capable de s'adapter toujours aux données nouvelles. Il semblait également conscient de la nécessité, pour le bonheur de l'automobiliste et du promeneur, de maintenir vierges un certain nombre de zones protégées. Il était difficile de lui en demander davantage.

Jeudi 5

À la télévision, un sociologue assure que notre société de « nantis » doit consentir des sacrifices. La « mondialisation, assure-t-il, n'autorise plus à penser égoïstement ». L'heure est venue de partager nos richesses avec la population des pays « émergents ». J'admire l'assurance avec laquelle cet homme de gauche, au nom de la générosité, explique aux salariés qu'ils ont trop profité et que cela ne peut plus durer. Sur le ton de la justice sociale, son discours rejoint celui des chefs d'entreprise : le moment est venu de renoncer à des avantages, à des horaires et à des salaires honteux qui font pâlir d'envie tous les pauvres de la Terre. Arc-boutés sur leur petit confort, les fonctionnaires manquent de grandeur d'âme ; ce sont eux qui ruinent la France, en refusant de sacrifier ce qu'on leur avait promis.

J'ai grandi dans un autre monde, un autre système, qu'on appelait « social-démocratie ». Ce n'était pas une société égalitaire, mais l'inégalité y était moins grande. Mes parents, leurs amis bénéficiaient pour la plupart d'emplois sûrs et d'avantages sociaux qui se renforçaient sans menacer les finances publiques ; les grands services assurés par l'État n'étaient pas soumis à la pression du marché ; la règle était l'équilibre entre le plus rentable et le moins rentable, et cela semblait promis à durer toujours. On nous assurait même que la croissance, l'innovation technique permettraient à chacun de mieux vivre en travaillant moins.

Le rêve est passé. Tout ce qui n'est pas immédiatement rentable doit disparaître. Depuis trente ans, de crise en crise, de mauvais choix en mauvaise solution, l'attention s'est polarisée sur un but unique : augmenter les marges et les profits, selon des normes comptables toujours plus exigeantes. Certains concepts sont devenus obsédants : concurrence, actionnaires, ouverture des frontières, et tout a commencé à se déliter. Depuis trente ans, des spécialistes annoncent que l'effort débouchera sur la « sortie du tunnel », mais le tunnel se prolonge et chacun doit consentir de nouveaux sacrifices, qui renforcent la précarité ; et je me demande : pourquoi une société si stable devait-elle se décomposer ? Est-ce un choix que nous avons accompli ou que d'autres ont fait pour nous ? Les responsables ont-ils menti ? Se sont-ils continuellement trompés ? Ont-ils changé de cap sans en informer quiconque ?

Vendredi 6

Un peu fiévreuse, je lis au coin du feu les aventures du Loup de Noiregoutte – un recueil de légendes locales recueillies par un instituteur au début du XXe siècle. Les mystères de la forêt, les enfants qui s'égarent sur des chemins : toute l'ancienne poésie montagnarde est là... mais je n'y suis pas, plutôt mal fichue ce soir. J'ai même renoncé à sortir couper du bois. Loin de me stimuler comme d'ordinaire, la simple idée d'affronter cet air sec et glacé me fait frissonner dans mon fauteuil. Cet après-midi, comme j'appuyais mon visage sur le carreau pour regarder tomber la neige, elle m'a paru inquiétante. Elle ne me parlait plus d'extase, de fusion avec la nature, de beauté perdue ; juste de mon angoisse, de ma réclusion en cette saison froide qui commence. Seul le feu dans la cheminée m'apporte un réconfort face au tourment passager où se mêlent l'hiver, la grippe, les affaires qui reprendront bientôt à Paris, les transformations du village que je dois subir, impuissante et trop lasse pour y changer quoi que ce soit...

Soudain, j'entends un bruit. D'abord je crois qu'il s'agit d'un craquement de la charpente qui semble continuellement travailler, se resserrer, se distendre au gré du vent et de l'humidité. Je replonge dans mon livre mais, bientôt, le même bruit sec revient au-dessus de ma tête et je tends l'oreille. On dirait que c'est dans la chambre rose : un long silence puis, à nouveau, ce bruit précis, semblable à plusieurs brefs coups de marteau ; comme si quelqu'un essayait de forcer la fenêtre obstinément, sans se presser. Je n'aime pas cela ; je n'aime pas cette peur. Je tente de me rassurer : pourquoi un cambrioleur entrerait-il par l'étage supérieur, en pleine tempête, quand toutes les ouvertures du rez-de-chaussée sont accessibles ?

Trop hantée par l'idée que cela puisse arriver vraiment, je ne parle presque jamais de mes frayeurs. C'est le revers des enchantements, du goût de la nature et des maisons perdues ; cette angoisse tapie que j'oublie la plupart du temps revient parfois, sourdement, me tenailler. Le monde paysan regorge de légendes noires dans des fermes humides et des vallées sans soleil ; c'est une suite infinie de dépressions et de suicides. Beaucoup de ceux qui naissent sur cette terre finissent par ne plus la supporter ; ils regardent les sapins comme des spectres, les lacs comme des mares au Diable. Les grincements nocturnes de portes et de fenêtres raniment le Moyen Âge des maraudeurs qui vous brûlaient la plante des pieds pour s'emparer de quelques pièces d'or ; puis toute une litanie de meurtres obscurs, de fermiers retrouvés pendus dans leur maison ou le crâne fracassé à coups de gourdin, quand ils ne se suicidaient pas en plongeant eux-mêmes la tête dans la rivière.

Avec mon passéisme obstiné, je devrais trouver une certaine poésie à ces vieux crimes, y voir un témoignage du lien profond, sauvage et brutal, entre les hommes et la nature. Sauf qu'on pourrait également souligner l'horrible continuité qui relie ces crimes ancestraux à la fantasmagorie contemporaine, celle des abominations perpétrées par des *psychopathes*. Voilà mon cauchemar nourri de faits divers et de films d'horreur : le *serial killer* qui prépare longuement, méthodiquement son crime sans rien laisser au hasard, pour s'assurer la domination cruelle de sa proie. Je connais déjà certains éléments du scénario : il coupera les fils du téléphone (le mobile ne capte pas chez moi) ; il frappera à la porte et j'entendrai ses coups comme les coups du sort. Suant de terreur, j'hésiterai encore à m'approcher, à ouvrir en pleine nuit, car on n'accueille que de mauvaises visites à cette heure-là. Je m'approcherai quand même, espérant qu'il s'agisse d'un villageois venu me vendre le calendrier des pompiers. Soulagée, je l'accueillerai, lui offrirai un verre de vin, en me répétant que je suis folle de songer à de pareilles horreurs ; et je rirai intérieurement, soulagée que la vie continue.

Mais peut-être ce villageois aimable, après s'être invité chez moi sous un quelconque prétexte, glissera-t-il insidieusement du sourire aux menaces, puis à la violence ? À moins qu'un de ses complices embusqués ne fracasse un carreau (il n'aura qu'à prendre une pioche dans la remise) pour faire monter d'un cran la terreur. Dans mes soirs de tourments, j'ai calculé les différentes façons de m'enfuir par la fenêtre, à condition d'être rapide, de courir pieds nus dans la neige, de me faufiler dans le pré, de franchir le ruisseau. Mes chances sont réduites s'ils sont plusieurs et contrôlent les accès ; mais j'ai prévu tout cela : la souffrance et la mort. Il suffit qu'un petit virus grippal s'empare de moi pour que la menace grandisse à nouveau, qu'elle se précise par mille craquements, mille détails, comme ces sifflements de Sioux que j'entends au-dehors et qui sont probablement ceux d'une chouette.

Quand le petit coup de marteau recommence, après une nouvelle interruption, je me lève du fauteuil et grimpe l'escalier vers la chambre rose. Cet élan m'aide à maîtriser ma nervosité. Prête à l'affrontement, je sais que les risques sont minimes hors de ma tête affolée. Mais, comme pour me prouver que je peux me battre, je prends la hachette accrochée au mur. Je vis seule et voici ma seule arme que je brandis en grimpant les marches, telle une sorcière d'antan. Un bruit encore. D'un geste sec, je tourne la poignée de la chambre rose et pousse brusquement la porte, appuyant simultanément sur l'interrupteur qui illumine la pièce froide ; on dirait Superwoman ; mais la pièce est parfaitement déserte. Pas d'assassin, pas de sa-dique. Prudente, je m'approche de la fenêtre où je vais peut-être découvrir un visage collé de l'autre côté du carreau, qui m'accordera un affreux sou-rire puis laissera tomber le coup de massue.

Personne ne se tient derrière la fenêtre que j'ouvre timidement, tandis que s'engouffre le vent d'hiver. Je m'aperçois alors que le volet est mal accroché. Des rafales le font claquer par instants ; rien d'autre.

Cette excellente nouvelle me remonte le moral. Mon supplice n'est pas encore pour ce soir. Je re-descends l'escalier presque joyeuse, songeant que ces histoires affreuses n'arrivent guère, ou rare-ment, ou seulement à ceux qui les espèrent. Quant à moi, il me suffira de replonger, au coin du feu, dans mes légendes forestières, mes contes d'enfants perdus et de bêtes sauvages qui, selon leur hu-meur, sont là pour les dévorer ou pour les sau-ver… J'ai remis une bûche dans la cheminée ; je me laisse emporter par le récit, découvrant que le loup de Noiregoutte est en fait un esprit errant, condamné à revêtir cette apparence jusqu'à ce qu'une fillette le délivre. Je l'accompagne sous les sapins au cœur du royaume crépusculaire quand j'entends, *bien distinctement*, plusieurs coups frappés sur la porte d'entrée.

Cette fois-ci, j'ai vraiment peur. Après l'épisode des volets, et la première poussée d'angoisse, après la récapitulation des menaces, ces trois coups secs dans la nuit ont quelque chose d'effrayant. Comme si mes pensées avaient appelé le Diable, comme si ma désinvolture l'avait agacé, il se pourrait qu'il se présente vraiment sur le seuil de la maison pour régler ses affaires avec moi. Les trois mêmes coups sont frappés à la porte une seconde fois. J'essaie de me calmer mais j'ai horreur des visites nocturnes. Qui donc aurait gravi le chemin à cette heure tardive ? Et pour m'annoncer quoi ? Fidèle au scénario imaginé tout à l'heure, je m'attends au pire et prépare mon plan de survie. Après avoir crié : « J'arrive ! », j'entrouvre la fenêtre du côté du pré (il suffira, en cas de malheur, de me précipiter à toute vitesse et de m'enfuir dans la neige). Après avoir enfilé rapidement mes tennis, je reprends la hachette dans ma main droite.

Évidemment, si la visite est anodine, je vais paraître folle, munie de cette arme barbare. Je la dissimule donc derrière mon dos – pour le cas où je devrais me défendre. Après tout, mon vieil oncle, quand il séjournait seul dans cette maison, gardait à portée de main le colt qu'il possédait depuis la guerre. Toute concentrée et prête à me défendre, j'ouvre la porte au monstre qui va surgir… Mais c'est le visage de Grégory, pâle et mal en point, qui s'avance vers moi et tombe presque sur mon épaule.

L'intrusion de mon jeune ami à l'allure vacillante me rassure et me désole à la fois. À mieux y regarder, Greg paraît complètement saoul. Il titube un moment, puis vient s'asseoir près du feu et commence à me parler avec l'obstination fatigante des ivrognes. Il est question de ses œuvres, de leur manque de succès, des raisons qui l'expliquent : son origine sociale, son manque de relations, la petite mafia de l'art contemporain qui règne là-bas, dans sa ville… Ses mots tournent en rond, ses idées radotent, il me demande à boire encore et je m'efforce de le calmer tout en le considérant tristement.

— Pourquoi tu me regardes comme ça, je te fais pitié ?

— Non, je suis contente de te voir, mais tu as trop bu.

C'est le point faible de Grégory, fidèle en cela à la tradition du lieu où les poivrots se succèdent de génération en génération. Quoique monté à la ville, quoique devenu artiste, quoique « bizarre et méprisant » aux yeux de ses concitoyens, il picole exactement comme eux. Je supporte mal de le voir ainsi, comme un minable, quand j'ai tant de plaisir à observer son intelligence, sa jeunesse, sa séduction, son ambition. Je n'aime pas cette banale misère de l'artiste que personne n'a forcé à devenir artiste, et qui en veut au monde entier de son injustice. Mais ce n'est pas le moment de le dire : mon vague instinct maternel reprend le dessus. Je parle avec calme, je m'assieds près de lui et, comme il réclame une bière, je l'assure que je n'ai plus que du Coca. La bûche qui se consume exerce un effet calmant et Greg s'assoupit devant la cheminée. Je vais chercher une couverture, que je pose sur ses genoux et sur ses épaules ; puis je m'installe au bureau et je prends un stylo pour noter les principaux épisodes de cette journée.

Près du feu qui s'éteint, Grégory me sourit dans un demi-sommeil. Il a recouvré son beau visage et articule, les yeux fermés :

– Fais encore du feu, s'il te plaît, j'ai froid…

Dehors, la neige tombe. Des braises rougeoient dans la cheminée. Nous pourrions être les héros d'un conte d'hiver que je commence à m'imaginer, tout en enfilant ma veste pour aller prendre quelques bûches dans la remise.

Plus tard

J'ai traversé le pré dans l'air glacial. Depuis l'arrivée de Greg, j'avais oublié ma fièvre mais, à présent, sous la bise chargée de flocons épais, je recommençais à frissonner. La neige soufflée par le vent recouvrait le sentier de la remise. Mes chaussures s'enfonçaient jusqu'aux mollets ; j'avais encore mal à la tête et je voulais rentrer vite au chaud, mais j'ai perdu mon temps à l'entrée de la cabane pleine de petit bois. Au moment d'appuyer sur l'interrupteur, l'ampoule a éclaté. Tant pis ! Je la changerais demain. Éclairée par la vague lueur du réverbère, au loin, j'y voyais suffisamment pour disposer quelques bûchettes dans un cageot. Je me

suis dirigée de nouveau vers la maison en tremblant, les pieds luttant contre le sol mou et froid,
tandis que des rafales plus violentes me fouettaient
le visage. C'est alors que j'ai cru entendre un appel :

— Ho, là-bas !

C'était le soir des bruits inattendus ; mais je ne
me suis pas affolée comme tout à l'heure. Grégory
était dans la maison ; je me sentais moins seule ; il
fallait cesser de voir des menaces partout... Pourtant, la même voix a résonné de nouveau, lointaine mais distincte, qui semblait crier vers
moi :

— Ohé, s'il vous plaît !

Embarrassée par mon cageot de bûchettes, les
pieds enfoncés dans la neige, j'ai tourné la tête en
direction des poubelles sous le réverbère ; l'appel
semblait venir de là... Mais ma vision restait troublée par les flocons, tandis que la voix — une voix
d'homme apparemment — m'interpellait plus fort
en disant :

— Florence, il faut qu'on se parle !

J'avais l'impression de reconnaître cette voix ;
ce qui n'était guère étonnant puisque je connais
tous les habitants du village... Sauf qu'elle n'avait
pas l'accent d'ici. Pourquoi, d'ailleurs, un villageois serait-il venu m'appeler depuis les poubelles,
en pleine nuit ? Par ce temps-là, les montagnards
restent chez eux. Malgré la fièvre et les frissons,
je suis restée immobile, hésitante. J'ai amorcé un
mouvement en direction du pré ; mais la neige

était profonde et ma jambe s'est engloutie jusqu'au genou… Au même moment, l'horizon s'est éclairé brusquement, comme il arrive au cœur des précipitations, quand le ciel se calme et que le rideau se déchire.

Sous ce coup de projecteur – maintenant tout était blanc jusqu'au fond de la vallée, les prés, les toits, les arbres de la forêt –, j'ai aperçu la silhouette d'un homme qui faisait de grands gestes dans ma direction, près des containers de tri sélectif… Il portait un complet sombre, une chemise claire, une cravate de couleur et semblait gelé dans cette tenue trop urbaine. Il se frottait les bras pour se réchauffer et m'a adressé d'autres gestes en répétant :

– Florence, écoutez-moi… Il faut qu'on parle de la réduction des coûts !

Il avait crié cette phrase qui me laissait perplexe, les deux pieds enfoncés dans la neige. Tandis qu'il lançait son injonction, il m'a semblé curieusement reconnaître la silhouette de Jean-Bertrand Galuchon, Jean-Bertrand de la SNCF, chez moi, en pleine nuit, comme s'il devait poursuivre une négociation importante. J'éprouvai quelques doutes sur l'exactitude de ma vision, probablement liée à la fièvre. Pourtant cet homme avait bien l'apparence de Jean-Bertrand, dans la lumière du réverbère. Appuyé d'une main sur le container vert (celui des bouteilles) qui émergeait de la poudre blanche, il me regardait fixement comme pour attendre une réponse ; et comme celle-ci ne venait pas, il s'est mis en mouvement vers le pré, puis il a entrepris de gravir le talus. Il piétinait dans la neige en pantalon de ville ; il soufflait, il tombait, levait de plus en plus difficilement les jambes ; mais il continuait avec obstination, comme dans un film d'horreur.

À nouveau la peur s'est emparée de moi. Jean-Bertrand marchait sur le pré dans ma direction ; il s'est effondré plusieurs fois sous l'averse qui recommençait, frénétique. Le fond de la vallée, puis les poubelles se sont effacés de nouveau, mais la silhouette du cadre de la SNCF s'approchait en répétant :

— Il faut qu'on parle du reclassement des trains déclassés…

Que voulait-il ? Que venait-il faire ici ? Pourquoi ce comportement absurde ? J'aurais voulu franchir les derniers mètres qui me séparaient de la porte et rejoindre Grégory près du feu ; mais quand je me suis retournée, mon cageot entre les bras, je ne distinguais même plus la maison. Ayant fait quelques pas hors du sentier, je ne savais plus de quel côté me diriger. Perdue dans le tourbillon, je cherchai la lueur du réverbère dont le halo jaunâtre avait disparu lui aussi. J'allais bien finir par trouver ; sauf qu'à chaque enjambée je devais reprendre mon souffle. Soudain, avec horreur, j'ai vu apparaître à nouveau la silhouette de Jean-Bertrand Galuchon qui s'approchait dans la nuée blanche, accomplissant un effort extrême, et tendait son visage exalté, rougi par le froid, toujours aussi ardent pour m'expliquer :

— Florence, il faut qu'on parle du reclassement des trains express et du déclassement des autorails…

Était-il sérieux ? Avait-on apprécié mes remarques, lors de cette réunion, au point que mon intervention à la SNCF serait devenue indispensable ? Me convoquait-on d'urgence à Paris ? Allait-on me proposer des avantages financiers ? S'agissait-il d'un malade mental qui faisait une fixation et m'avait suivie jusqu'ici ? À cette idée, j'ai lâché le cageot et j'ai commencé à m'enfuir, trébuchant dans la couche profonde pour échapper à cet homme. Je ne savais plus où j'allais dans ce brouillard neigeux. Plusieurs fois, j'ai appelé Grégory, mais la maison était-elle de ce côté-ci ou de ce côté-là ? Il n'y avait plus rien. Gelée, frissonnante, j'entendais encore la voix :

— Nous avons revu le système de réservation par Internet. Il est important que je vous explique…

Je me précipitais droit devant moi, à chaque pas retenue par la neige où je m'enlisais ; mais je marchais encore, poussée par la peur et l'obstination.

Florence luttait contre le vent. Son genou se dressait comme pour la hisser hors du sol, puis elle retombait dans la neige épaisse, jusqu'à la taille. À chaque coup de vent, une poudre légère se soulevait pour se mêler à celle qui tombait du ciel. Les flocons collaient à son front, l'eau froide dégoulinait sur son nez, ses joues, ses oreilles rosies. À nouveau l'averse s'estompa et Florence découvrit qu'elle s'était encore éloignée de la maison. Elle s'enfonçait maintenant dans le petit défilé du torrent mais cela, curieusement, cessa de l'inquiéter. À nouveau, les formes étaient nettes au cœur de la nuit. Sur sa gauche, elle reconnut un bois de hêtres effilés dont les branches nues, couvertes de poudre et de givre, avaient une beauté désolée de jeunes squelettes. Florence les regarda avec un sourire : elle avait toujours aimé ces formes humaines de la nature. Puis elle leva le genou comme s'il fallait continuer.

Encore quelques enjambées et elle retrouva le chemin communal où la couche, régulièrement déblayée, était moins épaisse. La bise fouettait ses joues, son cou, ses oreilles et ses doigts gelés ; mais cette sensation la gênait moins, car elle savait qu'à l'autre bout du sentier, tout en haut, se trouvait la ferme de Paul où elle se rendait régulièrement depuis l'enfance. Cinquante ans plus tôt, elle y grimpait déjà avec son pot de camp, pour ramener à la maison un bon lait chaud. Il n'était plus question de faire demi-tour. Elle allait continuer à marcher droit devant elle, certaine que, là-bas, les choses retrouveraient leur sens commun.

Jean-Bertrand avait disparu ; mais il fallait avancer davantage pour chasser cette mauvaise vision. Quand Florence pénétra dans la forêt, le chemin sous les grands conifères était moins enneigé encore et son pas se fit plus aisé. Gravissant fermement la pente, elle entendait siffler sa respiration chargée de sang ; le cœur battait fort dans sa poitrine. Sans penser à rien d'autre, elle grimpa pendant quinze minutes, franchit le dernier rideau d'arbustes et déboucha enfin sur la haute prairie. Ensevelie dans la neige au milieu de la clairière, la ferme de Paul émergeait sous ses deux grands pans de toit. Une ampoule économe et jaunâtre de vingt watts brillait derrière la fenêtre de la cuisine. L'averse avait complètement cessé. Florence s'interrompit un instant et regarda autour d'elle. À l'horizon se dressaient les sommets nus, comme autant de crânes tonsurés entourés de sapinières immenses. Proche ou lointain, tout le paysage se détaillait avec précision ; on distinguait parfaitement les massifs boisés, les champs, les maisons, les routes, chaque tache claire et chaque tache obscure ; et cette vision nocturne procura à Florence une joie très vive. Jamais elle ne s'était sentie aussi proche de ce paysage ondulant à l'infini.

Elle marcha encore vers la ferme et, plus elle s'en approchait, plus sa bonne humeur grandissait à l'idée que tout était là, préservé, tel quel. La vieille demeure s'accrochait à sa pente comme une excroissance de la montagne ; Paul y vivait toujours dans un lien étroit avec les saisons et les bêtes, selon des rythmes rodés par plusieurs siècles de vie rurale. Une lente adaptation aux éléments avait appris aux humains comment vivre dans ces fermes solitaires. Arrivée près de la maison, Florence éprouva un bonheur intense devant les carreaux du petit appentis : la neige avait soufflé sur la vitre quelques constellations d'hiver, comme une toile d'araignée glacée. La vie couvait sous ces carreaux et ces vieilles planches.

La remise n'était jamais fermée. Florence poussa la porte et sentit la bonne odeur du foin. Sous l'appentis, la fontaine coulait dans son bac en grès avec une énergie fraîche, avant de rejoindre la source. En tendant l'oreille, elle discerna la lente respiration des vaches dans l'étable. Un faible rayon de lumière échappé de la cuisine éclairait sur le sol pavé toute une collection de sabots : les grands sabots de Paul et d'autres, plus petits, comme dans une ancienne famille de cultivateurs. Un peu surprise, Florence toqua à la porte et ouvrit comme elle en avait l'habitude ; mais une silhouette inconnue avait pris la place de Paul, près du fourneau à bois. Une grande femme au visage sévère, vêtue d'une blouse noire, la regardait fixement. Autour de la table se tenaient un homme de cinquante ans à la peau cuivrée, et trois enfants — dont une fille adolescente défigurée par un bec-de-lièvre sous des yeux affolés ; les deux petits dévisageaient Florence avec timidité. Seule la femme restait dure et impassible ; elle s'approcha de la cuisinière munie d'une pique en fer, souleva la plaque et jeta une bûchette dans le feu.

Un chat bondit du haut du buffet et atterrit sur la table au milieu des enfants, tandis que l'homme s'adressait à Florence pour expliquer :

— Paul n'est pas là. Il est allé chercher Marcel à la ferme des Alouettes. Ils vont revenir pour tuer le cochon. Vous pouvez l'attendre…

Comme il parlait, Florence songea qu'elle connaissait cet homme ; et, chose étrange, qu'il s'agissait du père de Paul. Hypothèse improbable, puisque le paysan attablé était encore jeune et que le père de Paul était mort vieux depuis longtemps. Pourtant, elle le reconnaissait sans aucun doute : elle l'avait rencontré petite fille ; puis elle avait souvent regardé sa photo encadrée sur le buffet. C'était lui, certainement. Florence éprouva un léger étourdissement, comme si le passé et le présent se heurtaient. Au même moment la femme en blouse lui accorda un sourire et proposa du café. Florence accepta ; elle s'assit à la table où les petits se chamaillaient. L'adolescente au bec-de-lièvre l'observait toujours de son regard de biche traquée. Au bout d'un moment, l'homme se leva sans un mot et se dirigea vers l'étable. Florence échangea quelques mots avec la femme :

— C'est beau, la montagne, avec toute cette neige.

La fermière plissa le front avec appréhension :

— Oh non, je n'aime pas la neige. Je compte chaque jour jusqu'à la fin de l'hiver.

Le regard de Florence s'éclaira. Cette idée la mettait en joie : elle comprenait que cette femme n'aime pas la neige qui signifie le froid, l'hiver, la solitude. Avec sa bise insinuante, la neige était une mauvaise compagne des paysans ; alors qu'elle-même, Florence, aimait la neige comme un décor qui la ramenait aux sources d'une humanité perdue. Dans un recoin de la pièce, des fromages reposaient dans des formes métalliques sur l'égouttoir en bois. Toute la fortune de cette famille où chaque objet possédait une valeur presque incompréhensible désormais : une bûche pour le feu, un morceau de sucre pour le café, un chiffon, un fromage, une paire de sabots… Tout cela faisait sourire Florence, sans aucun mépris. Elle savait ridicules ses émois bucoliques de citadine mais, bizarrement, la pauvreté de ces fermiers la rassurait, parce que c'était une pauvreté pleine d'histoires, avec ses animaux, ses greniers à foin, ses contes qui n'existaient plus nulle part ailleurs et disparaîtraient bientôt ici même.

Soudain, Florence eut l'impression d'entendre à nouveau des voix ; puis des cris qui s'approchaient avant de se perdre dans le sifflement de la tempête. Inquiète, elle regarda la femme qui serrait entre ses mains le café chaud et continuait à parler toute seule en faisant des grimaces :

— Mon Dieu, que je n'aime pas l'hiver ! Ces arbres nus, ce vent glacé, c'est triste, c'est triste…

Pendant un instant encore, l'idée de la tristesse de l'hiver, cette étendue morte réduite au blanc immobile, ce vaste paysage solitaire où les créatures erraient d'un refuge à l'autre, à la recherche de baies et de branches fraîches, dans l'attente du dégel, toute cette belle idée de la tristesse de l'hiver apporta à Florence un réconfort qui la fit sourire ; mais elle frémit en entendant à nouveau ces cris qui devenaient plus précis :

— Elle est là ! Elle doit être là !

Était-ce elle qu'on cherchait ? Affolée, la professionnelle en communication se leva, marcha vers le carreau et distingua des corps qui s'agitaient à la lueur d'une vieille lanterne. Comme ses yeux cherchaient plus attentivement, il lui sembla reconnaître plusieurs villageois : Alain le bûcheron, Dominique le routier, Roger le poivrot... Vêtus comme des paysans d'autrefois, ils brandissaient des fourches et piétinaient dans la neige en approchant de la maison. Florence se retourna vers la fermière qui se lamentait toujours, les doigts autour de la tasse. Elle demanda :

— Qu'est ce qu'ils veulent ?

Toute à ses obsessions, la femme répondit :

— Ils veulent en finir avec l'hiver ; ils veulent en finir avec le froid ; ils veulent de vraies routes bien larges et de bonnes voitures, ils veulent l'éclairage public.

— Mais n'ont-ils pas déjà tout cela ?

Dehors les cris se faisaient plus agressifs, et Florence retourna nerveusement à la fenêtre. La troupe était maintenant rassemblée sous ce réverbère dont Paul paraissait si fier, l'autre jour... Mais que faisait ce réverbère devant la ferme, puisque Florence se trouvait avec les parents de Paul, il y a fort longtemps ? Elle ne savait plus. En tout cas, la lumière au sommet du grand mât éclairait parfaitement cette troupe furieuse coiffée de chapeaux, munie de serpes et de piques ; et la horde ancestrale était entraînée par deux cadres modernes en costume-cravate : Jean-Bertrand Galuchon de la SNCF et, près de lui, son ami Mathieu, ce séduisant directeur financier aux cheveux noirs, responsable d'une compagnie d'éclairage public, rencontré à La Closerie des Lilas. Moins fringant, le maire avait abandonné son habituelle veste de golf et retrouvé une blouse primitive ; sa voix assurée de hobereau de campagne semblait avoir régressé de plusieurs générations pour retrouver son lourd patois. Il servait d'intermédiaire entre les villageois et les deux Parisiens, auxquels il expliqua :

— Pour sûr qu'elle est cachée là-dedans, la gueuse. Elle n'aime que ça : rendre visite aux vaches et tenir le crachoir aux miséreux !

— Et pourquoi tout ça ? Je vais vous le dire !

Roger le poivrot avait pris la parole avec sa solennité d'alcoolique. Florence entendait parfaitement et cherchait à comprendre ce qu'on lui reprochait :

— Elle fait tout ça parce qu'elle nous regarde de haut. Pour elle, on est des arriérés, des sauvages, une distraction pour les vacances. Si elle pouvait nous enfermer comme des bêtes curieuses, avec les vaches et les lapins, elle hésiterait pas !

— Non, elle hésiterait pas ! répondirent plusieurs voix.

Roger poursuivait, les yeux exorbités, son discours haineux :

— Tout ce qu'on essaie de faire pour améliorer les choses, elle s'y attaque, la salope ! Pas de réverbères, pas de tri sélectif, pas de sens giratoire, pas de produits surgelés : elle veut rien, ici ; mais rien ne lui manque à Paris. Au village, notre vie doit ressembler à ses rêves de gamine… On se laissera pas faire.

— On se laissera pas faire ! reprit le chœur.

Jean-Bertrand prit la parole à son tour comme pour appeler le groupe au calme :

— Messieurs, messieurs !

Florence espéra un instant que le directeur adjoint de la Communication inviterait les paysans à la raison. Sur un

ton plus posé, son discours était pourtant du même ton-
neau :

— Nous aussi, elle nous a trompés, critiqués, découragés.
C'est une ennemie jurée de la SNCF... qui ne supporte
pas les réformes de l'entreprise, la diminution des coûts, les
nouvelles normes. Tout ce qu'elle aime, ce sont les vieux
compartiments de 14-18 !

Il dressa la tête vers la maison et cria :

— Florence, si vous m'entendez, répondez-moi ! Des
contrôleurs m'ont parlé ; je sais que vous vous êtes confiée
à eux, que vous crachez sur notre système de réservation,
sur le nettoyage des trains, sur la lenteur de Socrate...

Tous semblaient attendre une réponse. Incapable de réa-
gir, Florence s'aperçut qu'elle tremblait de froid, de fièvre,
et que la sueur couvrait tout son corps. Le beau jeune cadre
brun s'approcha à son tour et cria :

— Florence, nous ne nous connaissons pas beaucoup, mais
je plaçais beaucoup d'espoir en vous, pour de futurs dossiers ; avant de découvrir votre complicité dans cette agres-
sion contre un réverbère. Je suis déçu, très déçu, il faut ab-
solument que nous parlions.

La voix d'un villageois l'interrompit :

— Faut pas parler, faut lui régler son compte ! On sait
qu'elle s'est plainte ; on sait qu'elle a essayé d'agir en haut
lieu pour sauver la ligne de fret...

— ... et empêcher l'élargissement de la départementale,
précisa le maire.

— Ce qui prouve bien qu'elle n'a rien compris à l'esprit
d'entreprise, répliqua Jean-Bertrand. Vous avez raison.
Assez tergiversé !

Florence sentait qu'il était temps de fuir, mais une peur terrible paralysait ses mouvements et ses jambes restèrent clouées au sol. Il lui fallut déployer un effort considérable pour se retourner vers l'intérieur de la cuisine et constater que la mère et les enfants avaient disparu. Elle entendait encore les voix des gamins en train de se disputer dans une chambre. Elle aurait voulu demander du secours, mais elle sentait bien que ces paysans ne s'intéressaient guère à son cas, que cette familiarité de cinquante ans qu'elle avait cru développer au fil des visites ne représentait pas grand-chose pour eux. Paul et les siens seraient toujours du côté des autres. Jamais elle ne s'était sentie à ce point rejetée. Grégory aurait pu l'aider dans ce malheur ; mais les gens du village ne l'aimaient pas, lui non plus. D'ailleurs il était loin ; il dormait près du feu, à la maison.

Cette image l'apaisa. Au moins, Greg dormait près du feu, en sécurité. C'est alors qu'un cri épouvantable retentit dans toute la ferme ; un cri éraillé commençant dans le grave comme un ignoble rot, pour s'achever dans des sifflements suraigus ; un cri de douleur qui se prolongea, s'intensifia encore et ranima Florence, incapable de supporter cette plainte. Oubliant le poids de ses jambes, elle regagna l'appentis et découvrit alors dans une mare de sang, près de la fontaine, le fermier et deux jeunes gens penchés sur la truie rose qui se débattait. Comme l'un des deux garçons se relevait avec un long couteau souillé, Florence fut presque certaine de reconnaître Paul — Paul tout jeune, âgé de dix-sept ou dix-huit ans. Il lui adressa le sourire un peu las qu'elle lui connaissait dans son grand âge. L'autre garçon, son cousin Marcel, tenait un marteau et donna encore un coup sur le crâne de la bête, faisant jaillir un peu de cervelle, tandis que le corps retombait en tremblant dans les derniers spasmes.

Florence n'ignorait pas que cela faisait partie de la vie campagnarde : cette brutalité, ce jeu des couteaux, du sang et de la mort... Elle connaissait tous les progrès qui permettent de tuer les bêtes sans douleur ; elle aurait voulu en parler, mais les pistolets électriques n'avaient pas leur place dans un rêve où l'on frappe les bêtes avec des marteaux. La truie tremblait toujours ; son sang se mêlait par terre à l'eau de la source. De plus en plus indisposée, Florence éprouva le besoin de sortir et poussa la porte vers l'extérieur. Le vent la referma derrière elle en claquant.

Dans la nuit

Florence entendait le tumulte de la foule rassemblée de l'autre côté de la ferme, mais sa peur disparut instantanément en découvrant le ciel saupoudré d'étoiles qui s'étendait sur tout le massif. Dans l'air transparent de la nuit, chaque montagne arrondie avec son pelage de sapins, chaque pré couvert de neige apparaissait comme un signal, une lettre d'alphabet tracée sur la terre, répondant à une infinité d'autres. Elle contempla ce damier délicat, cette variation d'un seul motif qui lui rappela les tableaux de Paul Klee. Le paysage écrivait des mots et des phrases, dans une langue inconnue.

Florence, qui connaissait tous les chemins perdus, se remit en marche le long du ruisseau. Elle grelottait de fièvre et la sueur coulait sur sa poitrine ; elle sentait ses forces l'abandonner, tandis que chaque pas l'enfonçait lourdement dans la neige. Mais il suffisait qu'elle redresse les yeux vers le ciel, qu'elle entende le clapotis de l'eau pour retrouver ce sourire heureux, cette impression de joie, cette sensation déliée du temps. Le temps était ce dessin de constellations et de sapins enneigés ; le temps était ce grelot de la rivière, ce bruissement du vent dans les branches ; le temps n'était plus enfermé dans la frénésie, l'angoisse ou la nécessité ; c'était un temps de sons, de lumières, de mouvements lents et d'odeurs qui racontaient à Florence l'histoire du monde, où se perdaient les souvenirs de sa propre histoire.

Maintenant, la forêt se dressait là, devant elle. Rompant avec la prairie de bruyères et de lichens ensevelis sous les vagues blanches, quelques épicéas encore jeunes annonçaient l'arrivée sous les grands bois. Puis des troncs de sapins plus hauts s'alignaient comme un portique solennel, ouvrant sur un autre monde où l'on pénétrait en laissant derrière soi tout ce qui avait précédé. Pendant plusieurs siècles, les paysans avaient entretenu cette limite précise entre le pré fleuri et la montagne sauvage des torrents et des gouffres. Encore quelques pas, et Florence allait plonger dans l'obscurité.

Sa démarche paraissait de plus en plus pénible. Elle avait mal, elle soufflait ; mais elle était pressée, maintenant, de franchir le seuil. Plus difficiles, ses derniers pas furent aussi les plus enjoués. C'est ainsi que Florence entra au royaume des ombres. Soudain, la vive clarté nocturne disparut sous les arbres, entre les troncs dénudés des centenaires qui se perdaient dans les rameaux des sommets. Florence se rappela que cette forêt, vue de l'extérieur, ressemblait à un épais tapis végétal, tandis qu'à l'intérieur, dans cet espace d'écorce abrité de la lumière, tout n'était que murmure, frottement, craquement, marche vers les profondeurs. Elle se rappela Michka, le petit ours en peluche qui entrait dans la forêt à la recherche de l'inconnu. À cet instant, elle eut l'impression de ressembler à cet ourson transi, inadapté, cet ourson des villes de retour dans son monde oublié. L'histoire s'achevait sur un silence, sur quelque chose qui commençait là, dans l'obscurité, quelque chose d'impossible à expliquer, sauf à marcher encore, droit devant, vers ce mystère.

DU MÊME AUTEUR

Aux Éditions Gallimard

L'AMOUREUX MALGRÉ LUI, *roman*, 1989 (« L'Infini »).

TOUT DOIT DISPARAÎTRE, *roman*, 1992 (« L'Infini » ; « Folio », *n° 3800*).

GAIETÉ PARISIENNE, *roman*, 1996 (« Folio », *n° 3136*).

DRÔLE DE TEMPS, *nouvelles*, 1997. Prix de la nouvelle de l'Académie française (« Folio », *n° 3472*). *Avant-propos de Milan Kundera.*

LES MALENTENDUS, *roman*, 1999.

LE VOYAGE EN FRANCE, *roman*, 2001. Prix Médicis 2001 (« Folio », *n° 3901*).

SERVICE CLIENTÈLE, *roman bref*, 2003 (« Folio », *n° 4153*)

LA REBELLE, *roman*, 2004.

LES PIEDS DANS L'EAU, *roman*, 2008.

Aux Éditions Fayard

LA PETITE FILLE ET LA CIGARETTE, *roman*, 2005 (« Folio », *n° 4510*).

CHEMINS DE FER, *roman*, 2006 (« Folio », n° 4774).

LA CITÉ HEUREUSE, *roman*, 2007.

Chez d'autres éditeurs

SOMMEIL PERDU, *roman*, 1985, *Grasset.*

REQUIEM POUR UNE AVANT-GARDE, *essai*, 1995, nouvelle édition, 2005, *Les Belles Lettres* (« Pocket Agora », *n° 234*).

L'OPÉRETTE EN FRANCE, *essai illustré*, 1997, *Le Seuil.*

À PROPOS DES VACHES, *roman*, 2000, *Les belles Lettres* (« La Petite Vermillon », *n° 194*).

LE GRAND EMBOUTEILLAGE, *essai*, 2002, *Le Rocher* (« Colères »).

MA BELLE ÉPOQUE, *chroniques*, 2007, *Bartillat.*

COLLECTION FOLIO

Dernières parutions

4657. Paula Fox	*Personnages désespérés.*
4658. Angela Huth	*Un fils exemplaire.*
4659. Kazuo Ishiguro	*Auprès de moi toujours.*
4660. Luc Lang	*La fin des paysages.*
4661. Ian McEwan	*Samedi.*
4662. Olivier et Patrick Poivre d'Arvor	*Disparaître.*
4663. Michel Schneider	*Marilyn dernières séances.*
4664. Abbé Prévost	*Manon Lescaut.*
4665. Cicéron	*« Le bonheur dépend de l'âme seule ».* Tusculanes, *livre V.*
4666. Collectif	*Le pavillon des Parfums-Réunis.* et autres nouvelles chinoises des Ming.
4667. Thomas Day	*L'automate de Nuremberg.*
4668. Lafcadio Hearn	*Ma première journée en Orient* suivi de *Kizuki le sanctuaire le plus ancien du Japon.*
4669. Simone de Beauvoir	*La femme indépendante.*
4670. Rudyard Kipling	*Une vie gaspillée* et autres nouvelles.
4671. D. H. Lawrence	*L'épine dans la chair* et autres nouvelles.
4672. Luigi Pirandello	*Eau amère.* et autres nouvelles.
4673. Jules Verne	*Les révoltés de la Bounty* suivi de *maître Zacharius.*
4674. Anne Wiazemsky	*L'île.*
4675. Pierre Assouline	*Rosebud.*
4676. François-Marie Banier	*Les femmes du métro Pompe.*
4677. René Belletto	*Régis Mille l'éventreur.*
4678. Louis de Bernières	*Des oiseaux sans ailes.*
4679. Karen Blixen	*Le festin de Babette.*
4680. Jean Clair	*Journal atrabilaire.*
4681. Alain Finkielkraut	*Ce que peut la littérature.*

4682. Franz-Olivier Giesbert   *La souille.*
4683. Alain Jaubert   *Lumière de l'image.*
4684. Camille Laurens   *Ni toi ni moi.*
4685. Jonathan Littell   *Les Bienveillantes.*
4686. François Weyergans   *La démence du boxeur.*
     (à paraître)
4687. Frances Mayes   *Saveurs vagabondes.*
4688. Claude Arnaud   *Babel 1990.*
4689. Philippe Claudel   *Chronique monégasque*
     et autres textes.
4690. Alain Rey   *Les mots de saison.*
4691. Thierry Taittinger   *Un enfant du rock.*
4692. Anton Tchékhov   *Récit d'un inconnu*
     et autres nouvelles.
4693. Marc Dugain   *Une exécution ordinaire.*
4694. Antoine Audouard   *Un pont d'oiseaux.*
4695. Gérard de Cortanze   *Laura.*
4696. Philippe Delerm   *Dickens, barbe à papa.*
4697. Anonyme   *Le Coran.*
4698. Marguerite Duras   *Cahiers de la guerre*
     et autres textes.
4699. Nicole Krauss   *L'histoire de l'amour.*
4700. Richard Millet   *Dévorations.*
4701. Amos Oz   *Soudain dans la forêt profonde.*
4702. Boualem Sansal   *Poste restante : Alger.*
4703. Bernhard Schlink   *Le retour.*
4704. Christine Angot   *Rendez-vous.*
4705. Éric Faye   *Le syndicat des pauvres types.*
4706. Jérôme Garcin   *Les sœurs de Prague.*
4707. Denis Diderot   *Salons.*
4708. Isabelle de Charrière   *Sir Walter Finch et son fils William.*
4709. Madame d'Aulnoy   *La Princesse Belle Étoile et le prince Chéri.*
4710. Isabelle Eberhardt   *Amours nomades.*
4711. Flora Tristan   *Promenades dans Londres.*
     (extraits)
4712. Mario Vargas Llosa   *Tours et détours de la vilaine fille.*
4713. Camille Laurens   *Philippe.*
4714. John Cheever   *The Wapshot.*

4715. Paule Constant — *La bête à chagrin.*
4716. Erri De Luca — *Pas ici, pas maintenant.*
4717. Éric Fottorino — *Nordeste.*
4718. Pierre Guyotat — *Ashby* suivi de *Sur un cheval.*
4719. Régis Jauffret — *Microfictions.*
4720. Javier Marías — *Un cœur si blanc.*
4721. Irène Némirovsky — *Chaleur du sang.*
4722. Anne Wiazemsky — *Jeune fille.*
4723. Julie Wolkenstein — *Happy End.*
4724. Lian Hearn — *Le vol du héron. Le Clan des Otori, IV.*
4725. Madame d'Aulnoy — *Contes de fées.*
4726. Collectif — *Mai 68, Le Débat.*
4727. Antoine Bello — *Les falsificateurs.*
4728. Jeanne Benameur — *Présent?*
4729. Olivier Cadiot — *Retour définitif et durable de l'être aimé.*
4730. Arnaud Cathrine — *La disparition de Richard Taylor.*
4731. Maryse Condé — *Victoire, les saveurs et les mots.*
4732. Penelope Fitzgerald — *L'affaire Lolita.*
4733. Jean-Paul Kauffmann — *La maison du retour.*
4734. Dominique Mainard — *Le ciel des chevaux.*
4735. Marie Ndiaye — *Mon cœur à l'étroit.*
4736. Jean-Christophe Rufin — *Le parfum d'Adam.*
4737. Joseph Conrad — *Le retour.*
4738. Roald Dahl — *Le chien de Claude.*
4739. Fédor Dostoïevski — *La femme d'un autre et le mari sous le lit.*
4740. Ernest Hemingway — *La capitale du monde* suivi de *l'heure triomphale de François Macomber.*
4741. H.P Lovecraft — *Celui qui chuchotait dans les ténèbres.*
4742. Gérard de Nerval — *Pandora* et autres nouvelles.
4743. Juan Carlos Onetti — *À une tombe anonyme.*
4744. R.L. Stevenson — *La Chaussée des Merry Men.*
4745. H.D. Thoreau — *«Je vivais seul, dans les bois».*
4746. Michel Tournier — *L'aire du Muguet,* suivi de *La jeune fille et la mort.*

Composition Nord Compo
Impression Maury-Imprimeur
45330 Malesherbes
le 3 août 2008.
Dépôt légal : août 2008.
Numéro d'imprimeur : 139897.

ISBN 978-2-07-034883-1. / Imprimé en France.